教育の良心を生きた教師

――三島孚滋雄の軌跡

田中武雄
春日辰夫

本の泉社

目次

三島孚滋雄が校長を務めた北海道立深川西高校正門前に立つ著者の田中(右)と春日
(2014 年 8 月 26 日、撮影・野々垣務)

教育の良心を生きた教師

——三島孚滋雄の軌跡

白石市立白石中学校校長時代の三島孚滋雄（1 列目中央、1953 年着任）

はじめに

「3・11」後の〝逆流〟が続いている。二〇一二年十二月二十六日の第二次安倍内閣の発足を機に、「特定秘密保護法」（2013・12）、「集団的自衛権」の閣議決定（2014・7）、安全保障関連法案（2015・9）、そして二〇一七年に入っての「共謀罪」法案提出と、いわば現代版「治安維持法」体制の様相を呈してきている。

教育の場においても、道徳の教科化、小中一貫教育、教科書検定の強化、教員評価による統制・管理、教育委員会制度改定と、第一次安倍内閣の二〇〇六年教育基本法「改正」の総仕上げが進行している。

時恰も、施行七十年を迎えて、日本国憲法が岐路に立たされている。「自民党改憲案」（2012）と「改憲勢力三分二体制」を背景に、憲法第九条改憲＝「戦争する国づくり」が企図されている。

確かに、状況は厳しく、平安な道程ではない。しかし、「この困難な仕事を、この困難な時代に引き受ける……ここに一つの希望がかけられているという事実をも見逃してはならない」。かつて、教育学者・勝田守一（1908‐1969）がこうのべたのは、戦後教育の〝逆コース〟がいわれた一九五二年六月のことであった（『勝田守一著作集』1、所収、国土社、1972）。

三島孚滋雄《ふじお》（1905‐1985）という教師がいた。戦前一九三〇年代教員運動でいえば、村山俊太郎（1905‐1949）、佐々木昂（1906‐1944）、今井誉次郎（1906‐1977）、そして、「治安維持法」改悪（死刑・無期刑追加、1928・6）前後に交わったという本庄陸男（1905‐1939）等と〝同時代人〟であった。

戦前・戦中・戦後をとおして、これらの教師たちは、「日本教育の良心」を護ろうとした。その中で三島は、勝田が指摘した一九五〇年代の〝逆コース〟、すなわち「教育二法」から「勤評」までの時代に抗い続けたことで顕著なものがある。

先ず、三島は、教え子を戦場に送った痛苦な「戦争責任」の反省から、敗戦及び「ポツダム宣言」をつぎのように受け取っている。「まことに数億の国民達は心の底から戦争の終結を願ってゐたであらう。だが……更に更に戦争終結を願ってゐたもの、それは一億の日本国民であった。ポツダム宣言を発したのは日本国民であったのである。」（1950・6・25）

そして、一九五〇年代前後の名寄・深川時代の三島を特徴づけるものは、確かな憲法観に基づく「平和感覚」であった。こうのべている。「民主主義の前進のために、全力を傾けて努力しなければならぬと考えている教育者の一人として、……第九条が、前文に示された平和主義の大精神を明確に具現するよう書き改められることを主張し要望してやまない」（1949・9・30）「私の主張するところは、前文における徹底した平和主義の精神をもつて、本文全体、特に第九条を解釈すべきだというにある。前文にはもちろん、民主主義の原理、国際主義の理念が宣揚されているのであるが、根本を貫くものは、平和主義の精神である」（1953・3）。

特に、前者の「日本國憲法における平和主義の徹底について」（【資料】参照、P.58〜69）の最後の「私の最も大きな疑問は、第二章第九条をこのままの形で放っておく時、いつの間にやらこっそりと再軍備をすすめて行っても、或いはいよいよの場合、戦争にまきこまれるようなことがあっても、その場合において、これらは何等第九条に反するものではないというような解釈がどこかからとび出して来るという心配はないかということである。」は、まさに今日への〝警告〟を発していた。

これは、当時の丸山眞男等「公法研究会」による憲法改正意見、すなわち第九条第一項の「国際紛争を解決する手段としては」を削り、第二項の「前項の目的を達するため」を「如何なる目的のためにも」と改める、と重なる見解であった。

なお、「公法研」の意見では、「一切の戦争を放棄するように改め、……軍国主義を真に日本国民の心裡から清算すること」が謳われていた（『法律時報』１９４９・４、参照）。

しかも、三島の場合には、それを実践に移さずにはいられなかった。一九五一年四月二十八日、三島は、講和条約及び日米安保条約が、日本民族には何らの独立を約束しないものであると高校生を前に涙ながらに訴え、また、翌五二年十月、「保安大学は、大学としての学問の場ではなく、職業軍人養成を目的とするものである」と、保安大学受験を思い留まるよう生徒、父母に説得したのである。

それが、のちに「教育二法」（「教育公務員特例法の一部を改正する法律」及び「義務教育諸学校における教育の政治的中立の確保に関する臨時措置法」１９５４・５）に繋がるいわれなき〝偏向教育事例〟の一つに挙げられ、また、深川高等学校長から宮城県白石中学校長に〝降格〟される遠因ともなったのである。

時代の中で、〝教育の良心〟を生きようとした三島にとって、それは、避けてとおることができない問題であった。しかし、翻ってそのことが、戦後高校生活指導運動の先駆となる深川西高の「自由の学園」づくりを基礎づけたのである。

さらに重要なことは、一九五三年四月、三島が、白石中学校に移ってなお、あるいは移ったからこそ、教師・三島孚滋雄としての自らの校長像及び学校づくりを成就させたということである。本書の第6章〜第11章、とりわけ第10章の「河童通信」の発行で展開したように、校長としての役割を、自校の教師全体の力を高めるためや、子ども全体のために何をすべきかを具体的に提示したのである。

例えば、「実務学級」（特別支援学級）の特設（１９５４）であり、「能力別学級編成」（１９５５・３）である。後者は、職員及び生徒たちの合意は得られなかったものの、普通は触りたくないものをあえて提案し、力不足の子どもをせめて平均程度にしたいという気持ちを示したのである。また、三島は、島小の斎藤喜博（１９１１－１９８１）で有名になった「介入授業」以前に既にそれを試みている。両者の教育観・授業観ともかかわって、その異同に興味がもたれるところである。

そして、校長として、何よりも「勤務評定」への対応である。三島は、一貫して「評定することは不可能だ」という姿勢をまげなかった。勤評闘争では、校長と組合が一体となって闘った高知の例、東京で唯一勤評を提出しなかった伊藤吉春校長や要求されたとおりに書かなかった金沢嘉市校長の例があるが、三島は、一九五八年二月の段階で、「私は良心の許しのない限りは絶対に評定書を提出しない考えであります。」という立場を崩さなかったのである。

勿論、その結果がどうなるかはわかっていたはずである。一九五八年六月六日、三島は、白石中学校長から仙台第二高等学校教諭に異例の転出をする。三島自身、転任について誰にも話していないことは、北海道から宮城に転任する時と同じであり、何があってもぶれることのないその生き方を示していると言えよう。

その後、仙台二高～育英高校時代の三島をみると、これまでの校長経験者ということは体からすっかり剥がれ落ち、漢文教師として教えることに夢中になっていく。それは、終生、自己の生き方を探求して学習を怠ることがなかった教育者・三島孚滋雄の姿そのものであった。

なお、タイトル「教育の良心を生きた教師――三島孚滋雄の軌跡」は、「あとがき」にあるように、昨年（２０１６）四月二十四日に急逝した野々垣務が、二〇一三年三月二十日、最初に出した企画メモ「三島孚滋雄――教育の良心を生きたある教師の軌跡」から採っている。

よく知られているように、教育科学研究会（教科研）の機関誌『教育』創刊号（１９５１・11、国土社）は、〈特集１〉に「日本教育の良心」を掲げていた（なお、特集２は、「山びこ学校の総合検討」）。二〇〇一年九月～二〇〇三年八月まで、『教育』の編集長を務めた野々垣が、その原点に思いを馳せ、それと三島孚滋雄の生き方を重ねて先のネーミングとしたのであろう（なお、『教育』№８５５、〈特集１〉「教育の良心」を引き継ぐ、２０１７・４、かもがわ出版、参照）。

いずれにせよ、一周忌を前にして、このタイトルを付すことによって、野々垣の遺志を継ぐことを銘記しておきたい。

1、幼少年期を寺で育つ

三島孚滋雄は、一九〇五（明治38）年三月十二日、東京・芝愛宕下町で僧侶の父と武家の娘の母との間に六人兄弟の長男として生まれた。姉は四歳で夭折、その五ヶ月後に孚滋雄が誕生した。当時、父は芝公園内の寺務所に勤めていた。祖母、叔母、母の三人の女の暮らしの中で、母は孚滋雄を武人らしく育てようとした。

戦後になって、三島は、〝私の歩み〟を書く中で、次のように語っている（1948・1・30、2・5、2・19）。

「一九〇五年三月十二日、朝ときいたようにおぼえている。……母は二十八だった。父は三十九、姉が死んだ翌る年、姉が死んだのは十月二日だから、それから五ヶ月ばかり経ったことになる。父も母も、そして祖母も、みんなが悲しみにくれている頃、私は母の体内で生長をつづけていたわけだ。……父は芝公園内の宗務所に通勤していたのだろう。

そして家には、母と祖母と叔母と、女ばかりの三人ぐらし。この家は父の家ではない、もともと母達の家だ、……まだ四十代の祖母、武士の娘にうまれた祖母が、どんなつらい、くるしい生活をたえていたか。」（1・30）

「姉が死んで、一家が悲嘆にくれている時、祖母の健康は次第に蝕まれて行った。胃癌であった。東京とはいえ、年もおしつまれば寒さは次第にきびしくなる。長年の間、ただこの一人のためにと生きて来た母として、どうあっても祖母に死なれてはならない。『おなかの子ととりかえっ子にして下さっても結構でございます。』と母は祈った。お百度まいりをした。水ごりもとった。母はもう祖母を救いたいの一心で夢中であった。

しかし、祖母の衰弱は日にかわるばかり、そして、胎内の私は日々に生長して行った。祖母がもういよいよ望みがなくなった頃、その祖母の枕辺に父が梅の鉢をおいてその眼をなぐさめた頃、私は生まれた。……姉を失い祖母を失ったあとの家の中は、全く暗澹たるものであったにちがいない。母は乳がでなかった。牛乳の入手が困難だったのであろうか、専ら練乳で育てる事になったという。父や母にとって、殊に母にとって、その時私はそのいのちである。ただただこの子にすべてをうちこむことによってやっと悲しみから、なやみから救われる母だったのである。」（2・5）

「私が無事に育つかどうかについて両親はひどい不安をおぼえたものと見える。父は姓名判断にたのみに行った。『女の子が宿るところ、まちがって男になった。』と姓名判断は云ったそうだ。『男女平《ためべい》』という名が一番よいというのだがいくら何でもこれでは困るというので、研究の末きまったのが今の名であり字であるという。

病床の祖母は、たださえ男の子であることが面白くなかった上、ややこしい字を見せられて、『こんなしょむづかしい名はいやですよ。』といったというが、祖母は何も孫の私がかわいくなかったわけではない、姉がいとしくていとしくてならなかったのである。このおなかの子供と共に自らの命をとりかえっことお祈りした甲斐もなく、私がうまれて丁度一ヶ月、祖母は死んだ。……その娘である母は、次第にうつりかわる世に抗して、自らもあくまで武士の娘として通そうとした。たとえ妙な運命で、もっともきらいな僧侶の夫を持ったにしても。

だからこそ母としては、この私を立派に武士らしい人物に育てあげようと考えたのは無理もない。娘を失い母をうしなった悲嘆の中にも、生まれいでたこの子一人をたよりに、やさしい夫にいたわられ乍ら静かな日々は流れていった。細々ではあっても今はかつてのような生活のくるしみはない。そして一年あまり、弟の壽がうまれた。」(2・19)

一九〇七(明治40)年、住職の父(三島春洞)は、愛媛県大三島字宮浦の大通寺(12世)に転住した。そして一九一二（明治45）年、孚滋雄は大三島小学校に入学する。当時、幼・少年時代を過ごした思い出の「手記」（1950・2・13）がある。

「瀬戸内海の小さな島で幼少年時代を過ごした私は、覇王樹《サボテン》と萬年青《オモト》とが、数ある植物の中でも殊に大好きです。竹藪の片隅に一株の覇王樹が無残にも捨てられて、見るかげもなく枯れ萎んでいました。小学二年生だった私は、泣きたい気持ちを抑え乍らそれを拾って鉢に植え、毎日毎日水をかけてやりました。

するとどうでしょう、いつかその覇王樹は次第に青さをとり戻して来ました。そして小さな子供をうみました。たくさんたくさん生みました。三年目には、あのおばけのような滑稽な花さえも咲かせました。裏庭の池には鯉と金魚と目高と鮒と、あめんぼうと水すましと蛙とげんごろうとが仲よく暮らしていました。私は川から鰻の子をとって来て、これも池に入れてやりました。ところがある日、ほんとに奇妙な光景にぶっつかりました。

一匹の鮒の横腹から、餌にやった素麺が一すじ、長々とぶら下っているではありませんか。鰻の腕白小僧が鮒のおなかをくい破ったのです。私は勿論その鮒を別にしてやりましたが、その鮒はとうとう死にはしませんでした。いつの間にやら元気になって、大きく育ってゆきました。その池のほとりに沢山の萬年青が植わっていたのです、あのまっかな、ひょうきんな実を、青い青い葉の茂みの間にのぞかせながら。いろんな木や草が池のまわりには雑居していましたが、少年の私と一番の仲良しだったのはこの萬年青の一群でありました。」

二〇一三年九月十四日、最初の現地調査として、三島が幼・少年期を過ごした大三島の大通寺を訪問した。石段を登って右側に、「曹洞宗十劫山大通寺」と刻まれた門柱があった。お寺の傍には、孚滋雄少年が遊んだと思《おぼ》しき小さな池があった。

ご住職に挨拶し、山登りで難儀をしたが、春洞和尚のお墓参りをした。「蘭岳春洞大和尚（第12世）大正十年　月十九日遷化」とあった。さらに、近くの人に教えられ、旧道に面して、「威稜扶宇宙　徳澤福幹神」「維時　明治三十二年五月建立　三島春洞筆」と記された石柱を見学した。この春洞和尚の筆になるモニュメントを見上げながら、当時、大三島の人たちに「学僧」と呼ばれ慕われた春洞和尚を想った。

翌朝、大山祇神社を参詣した。境内のクスノキ群は国の天然記念物に指定されているという。旧制今治中学に行けなかったが、帰路、生口島の平山美術館を訪れることができた。

小学校時代の三島孚滋雄は、成績優秀で、担任に勧められ、一九一九（大正8）年、旧制今治中学（現・今治西高校）に進学、寮生活をすることになる。父は布教のためあまり寺にいなかった。その父が大正十年亡くなる。孚滋雄は、週末に帰省するごとに、母の衣類を寮に持ち帰って洗濯するなど親孝行ぶりを示した。

＊旧制今治中学は一九〇一（明治34）年愛媛県立西条中学校今治分校として創立、一九〇五年

県立今治中学に。戦後は、一九四八（昭和23）年今治第一高等学校、翌一九四九年今治西高校に再編改組されている。

父・三島春洞の墓

三島が幼少期を過ごした大通寺

三島春洞の筆になる石柱

2、社会主義思想に傾倒する青年時代

一九二四(大正13)年、三島は、東京高等師範学校に優秀な成績で入学、国漢科に学んだ。そこで漢文の泰斗・諸橋轍次(1883-1982)の指導を受けた。

なお、『大漢和辞典』の編纂者として知られる諸橋は、新潟県出身、東京高等師範学校卒業後、漢学の教師として同校に勤めた。のちに、東京文理科大学教授、都留文科大学初代学長(1960-1964)を歴任、文化勲章を受賞している。

三島はまた、大正末~昭和初期における労働運動や社会主義思想の影響を受け、同時代の下町の小学校教師であった本庄陸男とも接触・交流したという。

戦後、三島は、名寄中・高校長(1946-1950)から深川高校校長(1950-1953)に至る時期、先に紹介したように、幼・少年期を過ごした瀬戸内の情景や父母への

想い、及び自らの思想遍歴を辿りながら、来し方について述懐している。
例えば、一九四八（昭和23）年一月二十四日、手書きで書かれた最初の手記「人間、個性について——校長としての反省」の中で、特に目を引くのは次の件である。

「昭和三年、私は社会主義に興味をもった。少しの本も読んだ。東京に行って一部のマルキストとも連絡した。本庄陸男と交ったのもその頃であった。それが翌四年になると、憲兵隊からにらまれているとのことに恐れをなし、更に七年頃には、教え子の検束におののいて、私はいわゆる転向をしてしまった。（いかなる拷問に対しても、遂に私の名をいわなかった保科、柳沢の両君よ、すまぬ）」

本庄陸男は、三島と同年生まれ（1905）であるが、一九二五（大正14）年青山師範一部卒、同年四月誠之尋常小に着任。二七（昭和2）年一月、「義足」同人を結成、これが翌二八年十月の教育文芸家協会、のち小学校教員連盟（1929・10）につながる。それは、一九三〇年代に向けて、「まったく新しい時代の新しい教師たちによっておこされた、新しい質の教育運動」（井野川潔）であった。
しかし、本庄は、一九二九年十二月治安維持法違反による弾圧で、三〇年三月免許証褫奪《ちだつ》、免職処分を受ける。

のちに「北海道版『夜明け前』」（亀井勝一郎）と評される歴史小説『石狩川』（1939）を書いたプロレタリア作家・本庄陸男は、「新興教育研究所」創立（1930・8）に参加、学齢児童教育研究会等に属した。『新興教育』三〇年十月号に、「教員は如何に生活をしてゐるか」を執筆した。

「教員も亦、學校工場に働く教育労働者にすぎない。支配階級に骨の髄まで搾られる賃金奴隷である。されば吾々の力も亦團結によつて生ずる。プロレタリア教育の實践場として吾々が學校を階級闘争に推し進める時、吾々の要求は又、労働者農民の要求の一つとなり、労働者農民の眞實なる解放戦線への参加こそが、眞實に吾々を解放する道なのである。」

また、同年（1930）十月、『資本主義下の小学校』（自由社）を発行するも、発禁処分を受けている。その中の一章に、「低劣児童の問題」がある。

「東京市深川區某小學校これは深川區内に於ける第一の『良い』小學校である。良いといふことは、父兄の財産的な標準によつて云われてゐるのは云ふまでもない——の調査の結果を、東京の公立小學校に現はれたる現在の姿として云へば、六學年を通じて、劣等低能の部に編入すべき兒童達を、某學年毎に於て二〇％の割合に発見した現在此等の兒童は、彼等に該當すべき施設の下に学習すべき必要に迫まられてゐる。外部的條件の最も象徴的な姿として、該兒童達を包む境遇を、日々物質的に恵むべき、生活保持者即ち父兄の職業を見る。この二〇％の人員——一學級にすれば四十名——は、現在の社會にあつて、悲慘な境遇の下に育ったといふも過言ではあるまい。」

これは、一九二九（昭和4）年四月に転任した深川区（現江東区）の明治小学校の実態をふまえて書かれており、『石狩川』と並んで本庄の代表作となる『白い壁』（『改造』1934・5）は、この学校をモデルとして作品化されたものである。

それ以前から、本庄は、江頭順二のペンネームで『教育時論』（1928・12・25号及び1929・5・5号）に、「昭和三年教育労働運動」及び「新興教育の醞醸するところ」を書き、また、『綴方生活』（1930・6・1、文園社、志垣寛、及び同1931・3・1、郷土社、小砂丘忠義）に「プロレタリア児童文学に就いて」及び「プロレタリア児童文学のために——佐々井秀緒氏の所論を中心に」を発表している。

例えば、『教育時論』（1928・12・25号）の「昭和三年教育労働運動」では、当時、出されていた雑誌『教育新潮』に注目し、次のようにのべている。「六月号……この月に於て、初めて教育労働者なる成語の意義を闡明《せんめい》し、それが国際性の問題にまで拡張せられた所に重大な根拠を持つ。山村桃代氏の『ライプチヒに於けるエドキンテルン大会概要』は本邦教育界に、初めて紹介せられた画期的な文献であった。それは、日本の教員運動を、国際的にまで発展せしむるものであり、同時に、世界的なる教員運動の、無産者運動への結び付きによって、重大なるセンセィションを起したのである。」

また、『綴方生活』（1931・1）の「貴下は昭和六年の教育界に何を期待されますか?」という編輯部からの問いに、本庄は、「一、教育政策のファシズム化と、それに踊る愚劣なる教育思潮。二、教育（思潮）の社会學的撿討。…そのためには、何等かの對策を講じなければならない時期です。」と回答を寄せている。

一九三一（昭和六）年五月、本庄は、上田庄三郎が主宰する『観念工場』に「教育の新しき出発」を執筆、それが、〝所の規約を無視し〟たという理由で批判され、「新興教育研究所」の中央委員を辞任する。以降、作家活動に専念していった。

なお、『白い壁』以外の、本庄のいわゆる「学校物」には以下のものがある。「教員物語」(1)(2)(3)（『教育時論』1930・2・25、同3・25、同4・25、筆名・安東四郎）、「香山の顔」（同5・25、筆名・岩木喬）、「失業教員」（同8・15、筆名・江藤順二）、「壁小説・校長先生」（『同志』1931・9）、「火の物語」（『文藝』1934・10）、「列の外」（『文芸』1936・2）、「暗い階段」（『現実』1936・5）、「女の子男の子」（『人民文庫』1936・11）

しかし、これまでの教育運動史研究（例えば、柿沼肇「〈解説〉新興教育と『新興教育基本文献集成』」『資本主義下の小学校』白石書店、１９８０、岡野正『一九三〇年代教員運動関係名簿』改訂版、１９９６）にも、また、本庄陸男研究（例えば、本庄陸男遺稿刊行会『本庄陸男遺稿集』北書房、１９６４、布野栄一『本庄陸男の研究』桜楓社、１９７２）、及び『本庄陸男全集』第1巻〜第5巻（影書房、１９９３〜１９９９）にも、三島孚滋雄と本庄陸男との交点をうかがうことはできない。

一つの手がかりは、『本庄陸男遺稿集』の「年譜」にある「昭和二年……陸男はこの頃に社会主義者、共産主義者の講演会によく行って強い感銘をうけた。」（p.２８０）という箇所や、三島孚滋雄が戦後に書いた「日本國憲法における平和主義の徹底について」（１９４９・30）の記述である。例えば、三島は、昭和初め頃の自らの生活の内面をこう語っている。

「昭和三年四月、私ははじめて教壇の人となった。ファシズムの嵐の漸く激しくふきすさびはじめた頃である。この年であったか、天皇即位の祝典が全国に盛大な提灯行列を行わしめたことがあったが、その行列の行進中、私の生徒達は労働者農民万歳をくりかえし絶叫したものであった。上級の生徒達が軍事教練に反対して配属将校とはげしい争いをしたのもその頃のことであった。昭和六年が通り過ぎ、昭和十二年が来た。演習中の兵士のうちならす機関銃の音に深夜の夢を破られては、いよいよ拡大してやまぬ戦争を思って、いくたび激しい憤りに腸を断ったことであろう。

その私が昭和十六年の夏になると、いつしか米英打倒を口にし、米本土爆撃の夢を描いていたのであった。十二月八日の朝の私は何かしら安堵と歓喜の情に胸を躍らせながら登校したにくむべき存在であった。でも戦局の推移につれて、いつか又戦争を悪む心がいくらか蘇っては来たものの、始まってしまったものは仕方がない、国民全部が戦勝を目的に努めているのなら、私も亦その同じ道を歩まねばなるまいと、結局はやはり好戦的な気持ちでその日その日を過ごしてゆくのであった」。

＊昭和六年（１９３１）九月は「満州事変」、十二年（１９３７）七月は「日中戦争」、そして十六年（１９４１）十二月（太平洋戦争）へと続く戦争の時代に、三島は自らの精神の〝転落〟を吐露しているのである。

3、教師として東北に旅立ち、さらに北海道にわたる

一九二八（昭和3）年三月、三島は、東京高師を卒業し、岩手県立黒沢尻中学（旧制）に着任する。その初任校に赴く情景を、三十年後の一九五七（昭和32）年にこうふり返っている（「私の教壇生活」『河童通信』第6号、1957・7・3）。

＊三島孚滋雄が白石中学校長時代に出した通信

「〈鳶一羽〉空には雲がなかった。鳶が一羽悠然と舞っていた。暖い午後であった。トランク一つをぶらさげて——と云いたいところだが、そのようなハイカラなものを持たぬわたしは、バスケット片手に岩手県は黒沢尻の駅頭に降り立った。昭和三年四月はじめのことである。瀬戸内海の島から汽船にのり、汽車にのり、そして生まれてはじめての東北地方——村を出る時、近所のおじいさんに分ってもらうのにえらい苦労をした。

『大阪よりも遠いのでござんすかい』『ええそう』『東京よりもむこうでござんすかい。』『もっとむこう』『それじゃあ奥州仙台の方でござんすか。』『まだむこう』『へぇー?』——その東北地方、初赴任の黒沢尻中学校には到着の時刻など伝えてないから、出迎えの人の来る筈もない。三十年近く経った今も、なつかしいのはただ一羽迎えてくれた鳶である。下宿には京子さんという娘がいた。目の大きい元気な娘さんだった。大事にしてもらった。下宿から学校までの二十分、桑畑の細道を毎日通った。桑の実はあけに染まれり/桑の実は紫となりぬ/この道来れば/。土曜の午後は花巻温泉につかりに行った。」

また、最初に挙げた〝私の歩み〟の中でも、教育実践に格闘すると共に「美なるもの純なるもの」の哲学的思索を深めていた初任の頃の思い出を綴っている。

「昨夜七時半より三十分間、巖本(真理)さんとやはり女性のピアニストによるクロイツェルソナタの放送をきく。感激をおぼえること深く、殊に木琴ではあったがベートウベンのタキシーマーチをその前にきいたので、二十四歳の昔にかえる事ができた。あの黒沢尻中学の舎監室でただ一人くりかえしくりかえしきき入った昔にかえる事ができた。草枕をよみ、美なるもの純なるものを求めたあの時代にかえることができた。」(1948・2・19)

しかし、三島は、黒沢尻中学に一年しか在職していない。翌年（１９２９）、宮城県立古川中に移り三年間勤務、そして一九三二（昭和７）年からは仙台二中に勤める。

一九三四（昭和九）年、三十一歳の時、結婚する。妻も三島文化学園（石巻）の教師をしていた。

一九四〇（昭和15）年、長女敦子が生まれる。のちに、よく娘の敦子さんに語ってくれたエピソードがある。仙台二中時代、三島は、サッカー部の指導に熱中、東北学院に行って指導法を教わり、ついに全国大会に出場した。また、相撲部の指導も自慢の一つであった。それと軍事教練の行進の指導がうまかったという。

一九四二（昭和17）年、三島は、三十六歳で札幌二中（現・札幌西高）の校長代理（事務取扱）となる。ここで仙台から札幌に移ってからの忘れられない胸のつかえが、先に見た『河童通信』第６号（１９５７・７・３）に掲載されている。

「〈若桜隊〉久ちゃんは隣のうちの子供だった。わたしの仲良しだった。仙台二中合格の発表を見るや、久ちゃんはわたしのところへとんで来て、不動の姿勢でハキハキとあいさつをしてくれた。学校では師弟、うちにかえれば友だちの久ちゃんが三年生になった時わたしは札幌へ転任した。札幌の四年間はちょうどあの戦争中だったが、そのある日、久ちゃんがヒョッコリ訪ねて来てくれた。――千歳航空隊にいます。戦闘機です。――爆撃機乗りでなく、戦闘機乗りであることがいかにも誇らしげであった。
二人で札幌の街に出たが、見るものもなければ食べるものもない。それでもグランドホテルの地下室に入ってみたら、海軍さんならとビールが出た。十六歳の海軍さんはビールの味を知らない。わたしがごちそうになった。ハモニカがほしいというので札幌の町中を探したが、もうどこにもそんなものは売っていなかった。二人で写真を撮った。間もなく久ちゃんは松島へかわり松山へうつった。松山からハガキが来た。『僕もいよいよ南方に行きます。そして死にます。』ラジオと新聞が、その後の久ちゃんの消息を、すなわち若き血潮の予科練の最期を派手なことばで伝えた。久ちゃんは若桜隊という名の特攻隊の一員として南の海に没したのであった。」

折にふれて語っているように、この悔恨が三島の中でいかに大きいものだったのかである。例えば、一九四九年九月三十日の「日本國憲法における平和主義の徹底について」の中でもこうふれている。

「厭戦的な、又反戦的な短歌の数々が、私の日記帳の頁を埋めるようになったのは、（*昭和）十九年も半ばを過ぎてからであった。その頃私の手許から予科練に行った諸君は、大抵無事に帰って来たが、それより何年か前に入隊した久坊、私の家の隣に住んでいて、小学校に入る前からかわいがっていた久坊は、四国の基地から最後の便りをよこしたまま南方へやられ、若桜隊の一員としてレイテの海に突入してしまった。終戦の日を迎えて以来、私は毎日毎夜、何ものにか責め続けられている。もう二度と再びあの過ちを犯してはならないぞという声が私を鞭ってやまぬのである。」

三島は札幌二中に四年間在職し、「八・一五」の敗戦を迎えた。重ねて、のちの「校長としての反省」（1948・1・24）はのべている。

「満州事変につづくあの反動の時代に、その反動の一分子として毎日をくらし、その中に思想的には全くの白痴になり切ってしまつて昭和二十年の八月を迎えたのである。——だが、その時すぐ私は気がついたか、その時すぐ気がついたのならば、まだ恕すべき点はあったろう。そうではなかったのである。漸く今日において少しづつ気がつきかかっているのである。今、今はっきりと私は目ざめねばならぬ。今すぐはっきりさめきって、今の私の本分を、過去の罪を——二十年間の罪をつぐのうに足る丈けの本分をつくさないでよいものか。しっかり勉強し、はっきりと世界を見、そして寸刻も浪費しないでただただつとめなければならぬ。」

「校長としての反省」には、続けて、〝人間、個性について〟が書かれている。そこに三島は、戦後への〝再出発〟を託したのであろう。

「人間、個性について、今書こうとするのも、この私の再出発のためである。正しい方向に、人間を見、個性を考える眼をむけなければならぬのである。今書こうとしてペンをとりはしたが、本当ははずかしい。とても書けそうもない。しかし、思い切って書くことが、私自らを救う道なのであろう。人間の集団というものはあるが、集団としての人間というものはない。あるとすればそれは人種であり、民族であろう。或はそれは生命と名づけるべきものかも知れない。人間を集団として、つまり概念的に考えるということはまことににくむべきことである、このような態度の中からは決して人間に対する愛は湧きおこっては来ないであろう。私が人間を愛するというとき、それは私が父を愛し母を愛し妻を愛し子を愛するのであり、一人一人の『この同僚』『この生徒』を愛するのである。

そして、その愛するもののためにつくすのである。何百人という集団としての生徒を愛するなどということはないのである。私が何百人の生徒を愛するというならば、それは一人一人の生徒を愛し、その生徒の数が次第に多くなって何百人となったのである。一人一人の生徒を愛するというのは、まず、その一人一人を知ることからはじまる。知らない人間を愛するなどということがあるものではない。同胞を愛するというとき、知りも知ない幾千万の日本人を愛するということなどできるものではない。それは単に空想のことに過ぎない。同胞幾千万の事をうれえているようなきがするにすぎないのである。

想像の上の日本人よりも、現に知っている異国人をこそ愛するのであろう。全く知らない人間にではなくて、うちに飼っている猫の子に対して愛は湧くのであろう。このことは私のうちの九つの娘を見ればすぐ分る。小さい子供にはいつわりはない。猫がかわいそうだといって涙を流し、お人形が寒かろうと心配はしても、東京の戦災者が気の毒だなどとは決して思わないのである。私が戦災者や引揚者の話をきいて、気の毒だなとおもうこと、それはいつわりではあるまい、だが、その人々を愛するというとすればそれはいつわりであり、愛してない人の事を本気で考え、努力するはずもないであろう。私は、ただ、愛する人のために働くのである。一人の生徒を愛するとき、その一人の生徒のためにつくしたことが、七百の生徒のためになるということはあるであろう。その反対に七百の生徒のためにつくしたことが一人の生徒のためになるということはないのである。

……私が教育者として、私の仕事をしようとするとき、私はまず私の学校の生徒の一人一人を知り、一人一人を愛するのでなければ何もできるものではない。教育は與えるものではなく、生徒そのもの、生徒の指導であるとすれば、そして生徒の一人一人の生活がちがっている以上、その生活の実態に即さないで教育はあり得ないではないか。勿論、学校運営の計画が、特殊な数名の生徒のためにのみ行われて、そのため他の生徒が不利を受けることがあってよいものではない。前に述べたように、みんなのためになるような運営は、一人一人の生徒のためにつくすということの結果としてでてくるものだということをいっているのである。こう考えてくれれば、私が単に一人一人をぼんやりと知っているというのでは本当の仕事はできない筈である。知る事の深さ、したがって愛の熱度は限りないものであるとはいえ、少くともその生徒の生活が必ずぐんぐんと生長するという事の保証される程度には知りもし、愛しもして、その教育を行わねばなるまい。何百人いようと、何千人いようと、私は私の生徒のすべての一人一人を知り、一人一人を愛さないでは仕事はできないのである。校長としてそう大勢のことが分るものではないというなら、校長をやめるまでのこと、一学級五、六十人、一学年二、三百人なら分らぬとはいえないであろう。一人一人を知っていれば、一人一人がみんなちがうことが分るであろう。各人がみんな個性をもっていることが分り、そしてみんなその個性によって生きている事につきあたらないではいないであろう。

教育が人間の生活の指導であるならば、そしてその指導が正しいものであり、徹底したものでなければならぬものならば、教育の方針は、学校経営の計画は、現在の一人一人の生徒の個性の上に立てられなければならぬことはいうまでもないことになる。教育の方針というものは、こうして現在の生徒の実態が生れ、現在の生徒の生活のために定められるものであって、あらかじめ用意することのできるものではない。私の一人の娘の教育を思う時、私が娘を知っておるから、娘の現実を見て考えるのであって、娘のうまれない中に、娘の教育をどうすればよいかなどということは考えられるものでないことを思えば、現在の生徒の一人一人の個性からはなれた、それ以前の教育の方針などというもののないことは自らわかるであろう。してみれば、教育の方針は生徒が七百人いれば、当然七百通りなければならず、新しい生徒が入学してくれれば、又新しい方針が樹立されなければならないものである。

こうして一人一人をその個性から出発して教育してゆく中に、たとえばすべての日本人が米を求めているように、すべての生徒が共通に求めているものがあることが分り、すべてのものに共通につくしてやるべき方途も定まって来るのである。くりかえしいへば、現実の生徒のある前に、つまり愛する生徒のいないところに教育もなく教育学もなく、また教育者もないのである。私は此の学校に赴任して来たからこの学校の先生なのではなく、この学校で勉強している生徒がおり、その生徒が私が愛するが故に此の学校の先生なのであって、この学校の先生だからこの学校の生徒を愛するのではないのである。」(1948・1・24)

戦後直後に書かれた三島の一連の「手記」は、最後、次のように結んでいる。

「…私を常に青年にしておいてくれるもの、そして、私の心から、『焦燥』とか『不安』とか『煩悶』とか『失望』とかいうつまらぬものを一掃してくれたもの、それは唯物弁証法なのであります。この間は、永田廣志の『唯物弁証法講話』を読みました。今は有沢広己訳のエンゲルスの『自然弁証法』と民主評論社発行の『レーニン唯物弁証法体系』とを読んでいます。この次には、弁証法的唯物論を読もうと思っていますが、しかし、史的唯物論（唯物史観）を読むことは急がぬ方がよいと考えております。唯物弁証法に対する私の感謝の気持ちと、覇王樹と萬年青に対する私の愛着は、本当に並大抵のものではないようであります。」

（1950・2・13）

なお、永田廣志（1904－1947）『唯物弁証法講話』は、一九三三年十一月初版（白楊社）の再版（1947、白楊書館、のち『永田廣志選集』第1巻に再録、1949）で、目次は以下のとおり。（第1章 哲学における二大方向―⑴唯物論と観念論、⑵唯物論と観念論の社会的基礎、⑶ブルジョア哲学に対する弁証法的唯物論の闘争、第2章 形而上学的唯物論と主観的唯物論―⑴フランス唯物論の前史、⑵主観的観念論と不可知論、⑶フランス唯物論、⑷フランス唯物論の主要欠陥、⑸マッハ主義、⑹現代の機械論、第3章 カントとヘーゲル、第4章 フォエルバッハ主義、第5章 弁証法的唯物論の一般的特徴―⑴弁証法的唯物論の成立条件、弁証法的唯物論の根本原理㈠、弁証法的唯物論の根本原理㈡、第6章 哲学的科学としての唯物弁証法、第7章 唯物弁証法の根本法則―⑴対立物の交互浸透、⑵量の質への転換およびその逆の転換、⑶否定の否定、⑷形式と内容、⑸現象と本質、⑹偶然性と必然性、⑺可能性と現実性、(8)因果性の交互作用、第8章 形式論理学、第9章 概念化、第10章 弁証法の諸要素、第11章 レーニンと弁証法的唯物論、附録1―模写論の論理学としての唯物弁証法、附録2―認識論としての弁証法の若干の問題、附録3―現代唯物論の人生観）。

また、有沢広巳（1896‐1988）訳／エンゲルス『自然弁証法』は、黄土社版（1948）で、目次は、弁証法と自然科学、心霊学における自然研究、『反デューイング』の旧序文―弁証法について（1878）、『自然弁証法』の旧序文（1880）、覚書（1881‐1882）、科学としての弁証法の一般的性質、運動の基本形態、運動の量―仕事、朝汐―カント及びトムソン、テート、地球の回転と月の引力、熱、電池、『フォエルバッハ』論からの陥穽（1886）、カール・ショレンマー（1892）、猿の人間化への労働の関与（石渡知行訳）である。

さらに、民主評論社『レーニン唯物弁証法体系』（1949・12）は、社会主義古典研究会編で上・下巻、解題―レーニンの哲学について、Ⅰ弁証法的唯物論―マルクス主義哲学、Ⅱ弁証法的方法、Ⅲ唯物論的理論、Ⅳ現代自然科学と弁証法的唯物論という内容である。

4、三島孚滋雄の戦後、名寄中・高校長時代

三島の戦後を語る前に、彼の「教員履歴書」にある経歴を確かめておきたい。

大正十三年四月十五日	東京高等師範学校予科文科第二部入学
昭和三年三月十五日	東京高等師範学校本科卒業
昭和三年三月三十一日	岩手県立黒沢尻中学校教諭
昭和四年三月三十日	宮城県立古川中学校教諭
昭和七年三月三十一日	宮城県立仙台第二中学校教諭
昭和十七年四月十五日	北海道庁立札幌第二中学校教諭
昭和十七年五月一日	同上学校長事務取扱（〜8月5日）
昭和十八年四月一日	北海道庁立札幌第二中学校夜間部国民科教授嘱託

昭和二十一年三月三十日　北海道庁立名寄中学校長
昭和二十三年四月一日　北海道立名寄高等学校長

見るように、三島は、一九四六（昭和21）年三月三十日、北海道庁立名寄中学校長に赴任（翌日、北海道庁立札幌第二中学校夜間部勤務を解かれる）、一九四八（昭和23）年四月一日、名称変更なった北海道立名寄高等学校校長として戦後創生期の高校教育にあたった。

名寄高等学校『五十年史』には、「昭和二十一年三月三十一日（＊30日）、庁立札幌第二中学校教諭、三島孚滋雄先生が本校校長として発令された。先生は弱冠三十七歳（＊41歳）、正に白面の貴公子然たる容姿端正なお方であった。非常に情熱家で行動的であり、常に率先垂範、生徒を肌で訓育する人柄であった。激動する戦後の教育制度の大改革期、本校に於ける民主教育は、この偉大な学校長を中心に展開され、その礎石が築かれたのである」と紹介されている。

下って、二〇〇二年、『名寄高等学校八十年史』が出された。そこに三島校長像を彷彿とさせるエピソードが書かれている。「四月二十五日の開校記念日、国旗掲揚柱に日章旗が掲揚された。三島校長は『職員の多くは進駐軍に見付かったら大変と反対したが、銃殺されることはないだろうと風呂敷に使われていた日章旗を掲げた。戦後、日章旗を一番先に掲げたことになるのではないか』と語っている」。

占領下において、「日の丸」使用は、GHQによって、元日、三日、五日を除いて、実質的に禁止されていた。十二祝祭日の日の丸掲揚が許可されるのは一九四八年三月である。そのような状況にあって、三島校長が、風呂敷がわりに使われていた日の丸でも掲げる勇気に驚かされる。なお、制限を解除し、自由使用が許可されるのは一九四九（昭和24）年一月一日である。天野貞祐文相が、学校の祝日行事に「国旗」を掲揚し、「国歌」を斉唱することが望ましいという「日の丸・君が代に関する天野通達」を出すのは、一九五〇年十月十七日である。

また、当時の「校務日誌」（＊1946〈昭和21〉年6月4日）には、「朝礼時に、学校長より『旧教科書使用を禁止する。新しい教科書を政府で計画中であるが、その間工夫して学力の落ちないように、そして新日本建設に邁進すべき』旨の講話があり、多大の感銘を与えた」と記されている。

先の『八十年史』には、一九四七（昭和22）年十二月～六六（昭和41）年三月まで名寄高校教諭（国文学）を勤めた菊地健次郎の「三島孚滋雄先生のこと」という一文が寄せられている。

「当時（＊名寄中学校長赴任時）の入学者銓衡の時、追加入学者の話が会議後出されたのに断固反対し、一、二名が名中に入学不能だったのも後悔の種の一つだとある。特にMという併置中学三年生を卒業させて福島の学校に転校させたことに、ご両親特に稚内の近くの地で最愛の息子の成人を頼りとして闘病生活を送っていたお母さんにお詫びのしようもないことになったとある。校長として一生徒のことに思いを致すことにも人情味が感じられる」。

なお、当時、高校再編成に伴う「男女共学制」実施の是非についての三島の意見がある。

「折角、新中三年迄男女共学を実施してきたのだから、明年度の高校一年生からは、是非男女共学を実施すべきだ。そして一日も早く婦人の水準を高めなければならない。女子教育の施設問題だが、第一学年は男女同様教育で其の間に設備して二年から、女子教育を行なって良いと考える。なお共学制、統合問題については、近く両校協議の上、今月（＊1949〈昭和24〉年11月）九日、札幌一高で開催される全道高校長会議に出席するつもりだ。」

他方では、時代的な制約及び学校管理者（校長）としての限界も窺われる。

例えば、一九四六年十一月三日の「教務日誌」には、「午前九時ヨリ明治節、新憲法発布ノ記念祝賀ノ式典ヲ擧行ス、修礼、國歌齊唱、式辞（學校長）陛下萬歳三唱、修礼、式辞ハ明治ノ旧憲法発布ノ由来ト明治帝聖意、併ニ新憲法ノ本旨ニツイテノ訓話、式後職員卓球大會、晝食ニ會食セリ」とある。戦後なお、「明治」の教学体制が生きていたのである。

さらに、翌一九四七年一月三十一日には、「午前中二時間授業、第三時限目ニ全校生徒ヲ工作室ニ集合セシメテ、一、學校長ヨリ明日ヨリ入ラントスル教員組合ノストニ関スル説明、休業中ノ生徒ノアリ方ニ就イテ注意、二、略、三、生徒ヲ通ジテ、教員組合ト運営委員ニ連名ノ趣意書ヲ父兄ニ通達ス」とある。これは、いわゆる「２・１スト」前夜の情景である。三島は学校長としてどう対峙したのか、この「校務日誌」だけからはその心境、校長（管理者）としての葛藤などをうかがうことができない。

翻って、一九五〇（昭和25）年四月一日、旧名寄女子高等学校の生徒を迎え入れ、十八学級定員九百名の新生「北海道立名寄高等学校」が発足するが、三島は、同日付けで、北海道立深川高等学校長に転任する。その折、一教諭が送った「惜別の歌」がある。

「天塩の川辺　北方の　学徒導く　長として／来任したる　白皙の　青年校長　名は三島
熱と若さの　体あたり　あばれあばれて　忽ちに／四隣の愛を　一身の　青年校長　名は三島
眞理の外は　何事も　つゆ恐れざる　熱血は／ユネスコ会の　長として　断乎平和を　強

調す
五百の健児に　あばれろと　激励やまぬ　人格や／スヰートホームを　学び舎を　呼びて愛する　情の人
四年の月日　夢の如　いま南に　去る人を／まさきくあれと　ひたすらに　送る心の　涙かな」
〈小池栄壽　作〉
＊小池は、一九四八年五月十五日‐五三年五月一日まで名寄高校に在職

5、深川高校長時代の三島孚滋雄

『朝日新聞』一九七八（昭和53）年十月四日の「天声人語」に次のような記事が載っている。なお、当時（1975 - 1988）の当欄担当者は辰濃和男であった。

「長野市の私立篠ノ井旭高校のことが家庭欄にのっていた。全国各地の高校退学者を進んで受け入れ、教育の場にひきもどす、という仕事をはじめた学校である。『教師はろうそくの炎のように自らを燃やしつくして生徒を啓発する』というのが先生たちの信条だという。脅し、暴行、万引き、その他の理由で退学になった生徒を集め、きたえ直すのはいい加減の覚悟ではできまい。

……仙台市に住む知人の三島孚滋雄さんに、こんな昔話をきいたことがある。三島さんは、二十八年前、北海道のある公立高校の校長になった。学校は荒れていた。ヒロポンがはやり、傷害事件がたえなかった。高校を退学になった若者たちが街で暴れていた。一つの決断をした。それは、退学を含むいっさいの処罰を全廃する、という決断である。曲折はあったが、教師たちの苦闘で非行は激減した。決断は成功だった。『自信なんかなかった。せっぱつまって、ほかに打つ手がなかったんですよ』と三島さんは述懐する。このばあいも、瀬戸ぎわに追いつめられた時の知恵と底力がものをいった。」

＊「天声人語」の冒頭の篠ノ井旭高校の取組みについては、若林繁太著『教育は死なず』（労働旬報社、1978）『同・続』（同前、1979）、『同・続々』（同前、1982）、『映画／教育は死なず』（1981、監督・板谷紀之、脚本・今崎暁巳等）、及びTBSテレビドラマ『父母の誤算』（脚本・小山内美江子）がある。

これは、三島の深川高校長時代を語るエピソードの一つである。この記事の翌年、『深川東高等学校創立五十周年記念誌』（1979）のなかでこう語っている。

「日米安保条約によってアメリカの半永久支配体制が確立し、残虐な朝鮮戦争が進行していたその時代、それはわが深高に限ったことではありませんが、生徒諸君の間に、次々と色々な問題が起っていました。生徒指導は校長の直接的任務ではないとはいえ、責任はやっぱり重いので、小さな脳みそをむりやり絞って考えついた対策は、退学処分は勿論、あらゆる処罰と名のつくものはこれを全廃するということでした。

そのための職員会議を何回開いたことでしょう。そして遂に、私は全職員の一致協力に支えられ、『本日以後あらゆる処罰はこれを撤廃する』と全校生徒に伝える日がやって来ました。…背水の陣を敷いた後の諸先生の苦労は想像に絶するものがあったと思います。私はただただ先生方の後ろ姿に人知れず手を合わせておりました。しかし結果は予想をはるかに上まわるすばらしいものだったようです。」

一九五〇（昭和25）年四月一日、深川女子高と合併、五学級在籍数九百四十名の北海道立深川高校が発足する。五月十日の生徒会発足に次いで、六月二十五日、『深高新聞』が創刊、第一面に、三島校長の「学校新聞発刊に寄す」が掲載されている。

「深高生徒会機関紙第一号がここに発刊せられることはまことに欣快にたえぬ。全会員の協力援助のもと、藤井部長、伊藤編集係長を中心として、この意義深き仕事を推進してゐる編集部員一同の努力に対し、深き敬意を捧げるものである。……日本民族の完全独立と自由の獲得、日本国憲法を模範としての世界の恒久平和体制の確立、この事は日本国民のすべての胸裏を寸時も去らぬ切実なる願ひであらう。いかに多くの日本人がこの二つの願ひの実現のために日夜精骨砕心してゐることであらう。そしてわが深高新聞も亦、この目的達成のために少からず役立ち得るものである事を信じて疑はない。

……『われわれ米国大統領、中華民国政府主席および大英帝国総理大臣は、われわれの数億の国民を代表し協議の上、日本国に対し、今次の戦争を終結する機会を与えることに意見の一致を見た』これはいふまでもなくポツダム宣言冒頭の一部であるが、私はこのことばが好きである。殊に『われわれの数億の国民を代表し』の一句が好きなのである。まことに数億の国民達は心の底から戦争の終結を願ってゐたであらう。だがこの数億の国民達以上に更に更に戦争終結を願ってゐたもの、それは一億の日本国民であった。ポツダム宣言を発したのは日本国民であったのである。」

学校長としての三島は、教職員の意見に耳を傾け、例えば、職員会議の議長を輪番制にすることを提案したり、出張の結果を報告したりと、合意形成の民主的運営に努めた。また、生徒に対しても気さくによく話しかけ意見交換していた。

さらに、地域においても町内有志や民主諸団体と「平和問題懇談会」を創設し、再軍備問題や講和問題を話し合いの場に提起していたという。

一九五一（昭和26）年、三島校長は、新年度の教育方針として、①絶対平和主義、②教科中心主義、③鍛錬主義の三点を打ちだした。かつて竹内常一は、金倉義慧編著『学園自治の旗―北海道深川西高の記録』(明治図書、1969)の〈解説〉で、その意味についてふれている。三島における戦前‐戦後の断絶と連続である。

「三島校長がどのような教育思想にたってこの三目標を提案したのか知る由はないが、この三目標の結節点には、自由意志論的な教育発想のみちあふれている日本の教育界には稀な決定論的な教育発想があったとみてよい。すなわち、教科内容をつらぬく客観的真理にしたがって、また生活をつらぬく客観的な社会法則にしたがって生徒の知性と意志とをきたえぬいてこそ、生徒のなかに平和を追究しうる人格を形成しうるという確固たる信念があったといってよい。このような決定論的な教育発想は、戦前において自由意志論的な教育発想にたつ『自由教育』と正面きって思想闘争をすすめた生活教育運動(新興教育、生活綴方、生活訓練などの運動)の最良の遺産を継承するものであった。」(p.262)

しかし、時代は、戦後日本の〝逆コース〟とよばれる大きな曲がり角にあった。

一九五〇年六月、朝鮮戦争が勃発、七月、マッカーサーは警察予備隊七万五千人創設、海上保安隊八千人増員を指令、九月、閣議でレッドパージ方針を正式決定する。翌五一年一月、マッカーサーは講和と再軍備の必要を強調、九月、対日講和条約・日米安保条約を調印、両条約の発効は翌五二年四月二十八日、そして十月、警察予備隊が保安隊に改称する。

当時の三島の時代認識を示す論稿が、札幌で刊行されていた雑誌『教育新潮』に掲載されている。例えば、「高等学校教育における新しいモラルについて」（1950・10）では次のようにのべている。

「連合國は日本に對して再軍備を許すであろうというラジオ放送は、又しても私の小さな心臓に激しい衝動を與えないではおかなかつた。何を今さらそんなに驚くことがあるか、再軍備はもうはじまっているではないか、そして青年たちは、平和のための戦争への参加を心から喜んでおり、中には血書の願書を出す者さえあるではないか、共産帝国主義の侵略に對する徹底的抑壓なくしては、世界の安全も保障されなければ、日本の再建も望めない、日本國民の向うべき方向は、既にはつきりと定まつているではないか、と言われても、ああそうだつた、われらは今やもう何の顧慮も躊躇も要しない、われらの思想はただ一つ、學校における教育のあり方も、日本自由黨の偉大な指導者の指さす方にひたすら追従すればよいのだとは、私には考えられないのである。

外交白書を讀むにつけ、警察豫備隊入隊者の堂々の行進の寫眞を見るにつけ、そして今日のような放送をきくにつけ、私も日本の教育者の一人として、今度こそは絶對にあの悔いをくり返したくない、私たちの正しい道を守り抜くためには、私的なものは潔く捨てて顧みぬ固い決意を必要とする時が来ているのだと、われとわが胸に言って聞かせないではおられないのである。こういつた思いは、しかし私一人のものではない、多くの人々が、日本の教育者のほとんどすべてが、民族の運命の岐路に立つて、同様の感慨にひたり、同様の決意を抱いていているに違いない。五年前の今頃、しみじみと讀んだ、あのポツダム宣言の幾行の文字の中に、そしてやがてその公布を喜び施行を祝つた日本國憲法の條章の中に、ここにこそ今後の日本の教育の理念がこめられていると、感激を以て人々は思わなかつたであろうか。」

それと並んで、当時の高校生たちはどうだったのか。『開校六十周年記念誌』（1998）に、このような「私の高校生時代」という証言がある。

「私の高校時代で印象深かったことといえば、入学した年（一九五〇年）の六月、朝鮮動乱の勃発、そして、翌年の日米安全保障条約調印ということかも知れません。特に、安保調印の直後、当時の三島校長先生が全校生徒の前で涙を流されていたことが、当時、入学したばかりの私には、その内容について、あまり理解できませんでした。そのことが、今でも深く心に残っております。

昭和二十八年卒（高五回）　鵜沼昭夫　」

また、高校三年生だった金倉義慧も、のち（２００９・10）に、当時のことを次のようにふりかえっている（『ある教師の戦後史』、本の泉社、２０１２）。

「僕が三年生の時、日米安保条約発効の時、緊急の生徒集会で三島先生は涙ながらにこれからの日本は大変なことになると全生徒に訴えた。僕自身の生き方を決定的に変えたのはそのときの三島校長だったと今でも思っています。」

一九五二（昭和27）年四月二十八日の三島の訴えについて、森谷長能著／深川西高『自由の学園』を記録する会編『北海道深川西高校「あゆみ会事件」』（文理閣、２０１４）が、当時教師であった宮武慶一『遺稿集』（私家版、２０１２・３）から紹介している。

「アメリカとの講和条約と日本・アメリカ安全保障条約が生徒ら未来を持つ者たちの不幸と跳びのびる自由を拘束する鎖であって、日本民族には何らの独立を約束しない欺瞞である。目を開こう、そして切り開こうと語り訴えた衷心からの涙であった」（p.25）

一九五二（昭和27）年十月、警察予備隊が保安隊に変わり、保安大学校が創設された。六名の生徒が受験を希望し、三島校長の説得で思い留まる「保安大学受験拒否事件」があった。

三島の説得は、「保安大学は、大学としての学問の場ではなく、職業軍人養成を目的としたものである。それは、個人としても公務員としても、戦争放棄を明示した現憲法下において肯定できない」というものであった。

ある生徒の親が人権侵害にあたると法務省に投書、それを十一月二十二日、『北海道新聞』が報道した。二十四日、旭川地方法務局人権課長が来校、事情聴取をして人権侵害の事実がなかったことが表明された。その調査結果は、二十七日の『北海道新聞』にも報道された。

しかし、それは、のちの「あゆみ会」事件の予兆であった。「あゆみ会」事件とは、一九五四年九月、平和活動や合唱、人形劇等の文化活動及び僻地への慰問活動を行っていた深川西高の同好会サークルを『北海道日日新聞』と『北海道新聞』が、日本共産党の手引きによる偏向活動と報道、それにサークル責任者の森田科二《さだじ》君（高校二年生）が「平和と真実の世界を求めて」という遺書を残して抗議の自殺をするという衝撃的なものであった。

そして一九五四（昭和29）年三月三日、文部省は、「教育二法案」提出の根拠として、〝偏向教育の事例〟二十四件の一つに、「山口日記事件」「京都旭丘中学」等と並んで「深川西高」を挙げたのである。

「義務教育諸学校における教育の政治的中立の確保に関する法律案」の補足説明（緒方政府委員説明）に挙げられた〝偏向教育の事例〟の十四、その他の八では、「北海道雨竜郡深川町、道立深川高校においては、校長が昭和二十六年九月ごろから教師四名、生徒七名をもつて社会科学研究会を組織し、『資本主義社会の成熟は共産革命の出発なり』と題するビラを配布した。また組織を隣村中学校へ拡大させている。」と説明されている。

しかし、これは「根も葉もない虚構であった」と、金倉義慧編著『学園自治の旗――北海道深川西高の記録』(明治図書、1969)はのべている。「当時、生徒会には社会経済クラブはあったが、校長と教師云々の、いわゆる『社研』なるものはなかった。ましてビラの配布事実もなければ、隣村中学校へ云々ということもありうるはずはない」(pp.35‐36)。

また、「偏向教育の二十四例」について、大田尭編著『戦後日本教育史』(岩波書店、1978)も、「なかには事実無根、出所不明のものも含まれていた。……高知県教育委員会は五日、文部省に取り消しを要求し、北海道の深川高校も事実無根と抗議した」(p.215)とのべ、「かなり粗雑なデータにもとづくものであるとの印象を拭い去ることはできなかった」ことを明らかにしている。

一九五三(昭和28)年、三島は、突如、宮城県白石中学校長に転任する。三島は、先にも紹介した「東西統合時代――若き日の深川の三年間」(『深川東高五十年史』)の中で、「一身上の都合で私は宮城県へ転任することになりました。」とのべながら、次のことを付け加えている。「……私が深川をおいとましたあとのことは、当時生徒だった金倉君の『学園自治の旗』でその一端を知りました。その中のただ一つ、私の一生の悔恨は、西高の森田君のことであり

ます。」（1979・1・27）

一九五四年（昭和29）年九月二十六日、洞爺丸台風の吹きすさぶ夜、「真実と平和の世界を求めて　世の人々へ」の遺書をのこして自らの命を絶った森田科二君の悲劇は、先に見たように、三島にとって〃一生の悔恨〃であった。

一九五八（昭和33）年九月六日、開校二十周年『記念誌』が出される。四代校長の三島は、「思い出すまゝに」のタイトルどおり、語りかけるように綴っている。

「岡部先生（当時の教頭先生）、今私は魯迅を読んでいます。……お別れしてから五年余り、私はこの六月、白石中学校の校長をやめ、仙台二高の漢文の先生になったのですが、その事が急に私を中国文学に近づけたもののようです」。

「元町長の香川さん、お元気でしょうか。……昭和二十六年四月、あなたのあの英断が無かったら、深川地方の勤労青年諸君は長く定時制課程に学ぶ機会を持つことができなかったかも知れません。……それから事務にいた増田君、私が深川に行つて間もなく、是非定時制を作ってくれといって来たのは実にあなたでした。あなたは本当に真剣でした。同志の人々と相談して署名簿を作って持って来ました。そして私の腰を押しあげたのでした。あれから七年になりますが」。

繰り返しとなるが、一九五〇（昭和25）年、旧制深川中学校と旧制女学校が統合して深川高校となり、それが一九五三（昭和28）年、深川西高（普通科）と深川東高（商業科、家庭科）の二高に独立して再発足する。そして、その凡そ二十年後、『深川東高五十年史』のなかで、三島は、改めて沿革史を辿り、回想している。

「一年目（25年度）――赴任の翌朝出勤してみて又々びっくり。職員定数……の約三割の十名が欠員だったのです。……十名の欠員補充、これこそ一日の猶予もならぬ校長の任務なのですから。校務は教頭の岡部さんはじめ皆さんにお願して、私は早速深川をとび出し、道内はもとより、東北、関東、中部のあたりまで駆け回りました」。（なお、森谷長能は、自らの経験をとおして、その状況をこう語っている。「深川西高の三島校長が学寮に訪ねて来られ、『これからの高校教育は学生時代にいろいろな活動をした人が必要だ。』と熱心に説得され、この校長の下でなら、とその熱意に応えて教師になりました。」前掲『ある教師の戦後史』）

「三年目（27年度）――一身上の都合で私は宮城県へ転任することになりました。やむを得ず、東西両校の職員組織のこと丈を全職員と相談の上決め、財産の配分のことは後任校長にお願いすることにしました。……ただ心にかかってならなかったのは、二校独立のことはともかく、東は商業科と家庭科、西は普通科としたこと、……それで果たしてよかったのか、まちがいではなかったのかということでございます。」

以上、三島孚滋雄の深川高校長時代を見てきたうえで、なお今日と切り結ぶと思われるメッセージを紹介しておきたい。それは、「日米安保条約」が締結された翌年一九五三年三月、雑誌『教育新潮』に掲載された「安保條約か日本國憲法か」という論稿である（以下、要約）。

「日米安全保障条約、正しくは『日本国とアメリカ合衆国との間の安全保障条約』は、日本国憲法の無視の上に出来上がった。……今日の日本において、日本国憲法は全く死文化してしまったのであろうか。もちろんそうではない。憲法それ自体はいうまでもなく、憲法を母体として生まれた法律制度はすべて厳として生きており、われらはその中においてあらゆる国家社会の営みをつづけている。しかるに同時に、日米安全保障条約もまた、昨年四月二十八日以来堂々とその存在を主張し、二十九条に及ぶ行政協定も着々とその猛威をふるっているのであり、あまつさえ、憲法違反の法律が次々と制定せられているのである。全く相矛盾するこの二つのもののもとに、日本国民はその祖国を維持発展せしめようとし、われら教育者は又、われらの後継者の育成に努力しているのであるが、かかる状態が今後長く継続するとき、日本の国ははたしてその正常な維持発展が期せられるのであろうか。そして日本国民は、はたしてその幸福が約束せられるのであろうか。」

「日本国憲法第九条の解釈についてさまざまな説が行われている。又憲法改正に関する論議は最近は殊にはげしく、われらがいかに勤勉な読書家であつても到底応接しつくせるものでなく、しょせん、無数の学者や政治家の甲論乙駁に耳を傾けることはしばらくやめ、自らの目をもつて憲法を読み、自らの心をもつてこのことを考え、速かに自分の立つところを動揺なきものとせねばならぬ。第九條　日本国民は、正義と秩序を基調とする國際平和を誠實に希求し、國権の發動たる戰争と、武力による威嚇又は武力の行使は、國際紛争を解決する手段としては、永久にこれを放棄する。前項の目的を達するため、陸海空軍その他の戰力は、これを保持しない。國の交戰権は、これをみとめない。最も問題になっているのは、『国際紛争を解決する手段としては』という一節であろう。これに関して、『戦争の放棄、武力の放棄は、全面的のものではない。国際紛争を解決する手段としては放棄するが、外国の攻撃に対する自衛の場合などは別である。』という説があるかと思えば、一方では、『外国の攻撃と言っても、最初は国際紛争からはじまる。又過去の侵略戦争も自衛のためと言わなかつたためしはない。だからこれは無制限の放棄だ』と反駁する。今代表的な二つをあげたがこの他いろいろの見解がある。しかし私は、これを英文によつて考えて見たいと思うのであるがどんなものであろうか。英文の第九条を逆に日本文に訳して見ると次のようになる。『日本国民は、…国権の発動たる戦争と、国際紛争を解決する手段としての武力による威嚇又は武力の行使は、これを永久に放棄する。』これによると、『手段として』という言葉は、武力云々の説明に過ぎず、戦争にはかからない。そして戦争も、戦争にまで至らない武力も、共に無条件に放棄するということになる。憲法は国内法だから、英文は正文ではないであろうけれども、世界においては、英文が正文として通用しているにちがいない。

その英文は次の通りである。〝…… the Japanese people forever renounce war as a sovereignright of the nation and the threat or use of force as means of settling international disputes〟

次に問題になっているのは、『前項の目的を達するため』というところである。『陸空海軍その他の戰力は、これを保持しないと言っても、それは前項の目的を達するためであり、その前項は制限付きの放棄だから、その制限外の目的のためならば軍備はよいのだ』とするのがその主張である。だがこれは全く詭弁にすぎず、その詭弁たるゆえんを明らかにしている人もいる。次は『陸海空軍その他の戰力』である。たとえば、原爆やジェット機を持たなければ軍隊ではなく、フリゲート艦は船舶だから戦力ではないといった類もあるが、もちろんこれにも異説は多い。そして最後の『交戦権』については、『戦争を行う権利』という解釈の他に、『戦争を行うことによつて生ずる種々なる権利』だといつて、戦争を全面的に放棄していないことを前提としての解釈をなすものもある。ことばとしてはそのような意味もあろうが、この場合は当然前者に解すべきものであろう。この他に解釈の異なるものはまだまだあるが、最も重要な点は第一にあげた点ではあるまいか。私の主張するところは、前文における徹底した平和主義の精神をもつて、本文全体、特に第九条を解釈すべきだというにある。前文にはもちろん、民主主義の原理、国際主義の理念が宣揚されているのであるが、根本を貫くものは、平和主義の精神であると読みとれるのである。」

これは、三島が深川高等学校長時代に書いたものであるが、既に何度かとりあげたように、一九四九年九月三十日、名寄高等学校長時代にも、「日本國憲法における平和主義の徹底について」という一文で同趣旨のことをのべていた。その特徴は、確かな憲法観、とりわけその「平和感覚」である。三島は、自らの戦争責任をふまえ、「日本國憲法における平和主義の徹底について」述懐したのである。しかも、それから三十年を経た一九八〇年の憲法記念日に、それを写して知人に送っているのである。

一九八〇（昭和55）年五月十六日、三島は、第三十三回憲法記念日にちなんで、岩代氏より（4・29）近藤氏へ（5・17）宛て、三十一年前の「日本國憲法における平和主義の徹底について」（1949・9・30）の一文を紹介して、次のようにのべている。

「……覚えていて下さる方もおありかと思いますが、この一文の考え方について、高等学校長協会の総会の席で、日比谷高校でだったでしょうか、会員諸氏のご賛同を得て一つの運動を起したいと提案したのは昭和二十五年のことでありました。この文は勿論杞憂に終わってくれることを願いつつ書いたものではありましたが、翌昭和二十六年には、平和条約とだきあわせで日米安保条約が調印され、そして警察予備隊が発足してしまったのであります。爾来約三十年、幸いに日本は直接戦争に巻き込まれることなしに来ましたが、昨年から今年にかけての国際情勢は、今後も長く日本を安泰にしておいてくれるようなものでありましょうか、一々例を挙げることは控えますが、日本国内の動きを見ている時、もう猶予はできない、どうあってもこの逆流を押しとどめるために国民は立ち上がらなければならぬ、皆さんもそうお思いでしょう。七十歳代の人間の任務ということを、私は時々口にしていますが、徐々に、時には急速に、陥ろうとしている日本の危険を救うために、私も七十歳代の人間として、あるいは政治の世界へとび込んででも、自らの任務の遂行を怠ってはならぬと考えているところであります。」

そして最後に、「大事なのは実践です。できることをしなければならないことがいくらでもあります。元気をふるいおこして頑張らなければなりません。どうか激励して下さい。応援して下さい。」と結んでいる。

三島孚滋雄における憲法観は、戦後一貫して変わらなかったのである。

【資料】「日本國憲法における平和主義の徹底について」（１９４９・９・30）

日本国憲法第一章第九條は、戦争を永久になくしたいと真剣にこいねがっている日本並びに全世界の人々の、一つの心によって行われた厳粛なる宣言である。しかるに、その条文の趣旨が、前文における積極的且つ徹底せる平和主義の宣揚にもかかわらず、極めて不明確不徹底のものであることは、われらの甚だ遺憾とするところであり、更に正文たる日本文と、英文として公表せられているものとの間に、その内容において、大いなる相違の存すること は、われらの断じて了承し得ざるところである。ここにおいて、われらは、本条が、平和擁護の大精神を最も明確に具現するように書き改められることを強く主張し、要望してやまない。而してこの主張要望を行うことは、教育基本法の精神に則り、日夜平和維持のために、且つ又真の平和愛好国民の育成のために、全力を傾けつつあるわれらの重大なる責務であると信ずる。

中等学校令は廃止になった。われらは今や新しい法律によって教育の仕事にいそしんでいるのである。「われらは、さきに、日本国憲法を確定し、民主的で文化的な国家を建設して、世界の平和と人類の福祉に貢献しようとする決意を示した。この理想は根本において教育の力にまつべきものである。われらは、個人の尊厳を重んじ、真理と平和が希求する人間の育成を期するとともに、普遍的にしてしかも個性ゆたかな文化の創造をめざす教育を普及徹底しなければならない。ここに日本国憲法の精神に則り、教育の目的を明示して、新しい日本の教育の基本を確立するため、この法律を制定する。」教育基本法の前文のことばを、私は心から愛する。この前文を、純真な少年の書いた作文のようだと嘲笑することをやめよ、人類は常にみどり子であり、いつまでも少年である。これらのことばの中に、世界のすべての人々の同じ心の願いがあらわれていないであろうか。この教育基本法は日本国憲法より生まれ出たものである。日本国憲法の中に、特にその前文の中に宣揚された平和主義こそ、この教育基本法の基調をなすものであり、われら教育者の生命そのものなのである。

「日本国民は、恒久の平和を念願し、人間相互の関係を支配する崇高な理想を深く自覚するのであって、平和を愛する諸国民の公正と信義に信頼して、われらの安全と生存とを保持しようと決意した。」憲法前文第二段冒頭のこの声明は、まことに平和を守る道を窮極的に動破したものであって、ひたすらにこの道を進み、この道によって恒久の平和を確立することがいかに困難であるかということは、勿論想像の外であろうけれども、いささかでもこの声明の精神より逸脱し、別の方途によって平和を求めんとする時においては、その道は必ずや平和の確立へ近づくにあらずして、却って戦争を招く道に通ずるものであることを思わないではいられないのである。憲法前文の第一段には民主主義の原理が述べられ、第三段には特に国際主義の考え方が明示されていることはいうまでもないが、この前文全体を貫く基本的な理念こそは実に平和主義の精神なのである。民主主義・国際主義の精神も、つまりは平和主義の精神に包摂されるというか、平和主義から生まれ出たというか、この前文の特質を一言でいえば、それは平和主義の宣揚にありというべきであって、一人一人のかよわい人間の切なる心の、そして全体としての人類の願いの、本質的なあらわれであり、生々流転してやまぬ生命そのもののありのままの姿であろう。国内法でありながら、しかもそこに国際法的乃至は万民法的性質を備えた、まことに堂々たる大宣言であるというべきであろう。第十章第九十九条には、この憲法を尊重し、擁護する義務を負うものとして、天皇又は摂政及び国務大臣、国会議員、裁判官その他の公務員を挙げているが、それは国家の機関としての法的義務を明らかにしたものであって、教育者としてのわれらの立場で考える時、この生きている憲法を擁護し、その平和主義の精神を現実のものとする任務を誰よりも重く背負っているものは、われら教育者に他ならないのであって、私のこのいのちを長らえる喜びもここにあるのである。しかるに、憲法は本文における平和主義の条章、即ち第二章第九条があまりにも不明確不徹底なものを見るとき、われらは安んじてこれに従って教育の仕事に邁進することの困難を痛感しないではいられないのである。

前文における平和主義の宣揚が、積極的徹底的であることは既に述べた。そして本文の第九条が、前文の大精神にも拘らず、甚だしく不明確のものであることにも言及した。ところが私は、英文日本国憲法の第九条を見た時、全く意外の事実に遭遇したのである。日本文のそれと、当然同一内容であるべきそれが、何と、日本文とは異なるのであった。その部分は次の通りである。〝…… the Japanese people forever renounce war as a sovereign right of the nation and the threat or use of force as means of settling international disputes.〟

今試みにこれを日本語に訳し、日本語の憲法の同じ部分とを比較してみよう。①英文の日本語訳「日本国民は、国憲の発動としての戦争と、国際紛争を解決する手段としての武力による威嚇又は武力の行使は、これを永久に放棄する。」②日本文の同じ部分「日本国民は、国憲の発動たる戦争と武力による威嚇又は武力の行使は、国際紛争を解決する手段としては、永久にこれを放棄する。」①においては、戦争及び武力による威嚇・武力による行使を無条件に放棄すると言っているのに反して、②においては、「国際紛争を解決する手段としては」と、極く狭い制限の下でのみ放棄するというのであって、これでは、たとえば自衛戦争・制裁戦争等は放棄しないということになる。①と②と、その何れが平和主義に徹しているものであるか、は明らかであろう。

第九条冒頭の「(日本国民は) 正義と秩序を基調とする国際平和を誠実に希求し」という一節は、衆議院において修正追加された部分であって、衆議院において芦田委員長は、これに大きな意義があると強調しているのであるが、いかにこの部分に平和愛好の精神があらわれているにしても、これには法的意義は別段ないというべきであろう。戦争放棄の理由づけとして、国際平和を希求するという表現を用いていることは、戦争放棄が日本国民の自由な意志から発したものであるということをあらわしたかったのかも知れないが、真の理由はポツダム宣言の受諾にあるという事実を蔽い隠そうとするがためであるという見方をする学者もあるのである。

「国際紛争を解決する手段としては」の一句は、誰の目にも特にはっきりと映ずるであろう。これについては、「戦争の放棄・武力による威嚇又は武力の行使の放棄は、国際紛争を解決する手段としてに限っている。必ずしも全面的ではない。」と述べている学者もあり、又「国際紛争を解決する手段としてでなく戦争を行うことは、これを放棄しない。武力による威嚇又は武力の行使、これも国際紛争を解決する手段としてでなく為すことは、これを放棄していない。」と、特に念入りに説明している学者もある程であって、このことは、議会における吉田首相の、「戦争放棄に関する本案の規定は、直接には自衛権を否定しておりませぬが…」の答弁や、「第一項は、防禦的戦争というものが、この中に入っているか、入っておらぬかという疑問が起るわけであります。言葉としては、入っていないという風に解釈できるだろうと思います。」という政府委員の答弁によって明らかにせられたところであり、衆議院の芦田委員長の、「第一項が自衛のための戦争を否認するものではない」の言や、貴族院の安倍委員長の「この自衛権は、戦力撤廃・交戦権否認の結果として自ら発動が困難になるのでありまして云々」とか、「国際連合憲章の規定する自衛戦争、共同防衛戦争などとの関係は、将来国際連合に加入することとなった場合に別個に考えるべきである。」とかの言によっても、政府側のみならず議会側もこの点は同様の解釈であることが明瞭である。最もはっきりしているのは、横田喜三郎の、「わが国が独立国として国際連合に加盟し得るに至れば国際的には自衛的に平和維持・国際協力のために兵力を行使し得ることはできるのである。」という言や、浅井清の、「他国の侵略に対する自衛権の発動は放棄されておらないことに注意すべきである。又国際法上認められている自衛権を、一国の憲法で否認できるものではない。」という説明などであろう。

第九条第二項の「前項の目的」という一語は、学者によって解釈がまちまちである。芦田均委員長の修正追加の理由説明をそのまま受けて、「国際平和を誠実に希求するということである。」という人があるかと思えば、ある人は「国際紛争を解決する手段としての戦争及び武力による威嚇又は武力の行使の放棄をさしている」と説明し、更に他の学者は、この点について「その目的のためでなければ武力の保持が許されるものの様に解される。」と疑問を投げかけている。私としては、このことばはさして詮索することもないと思うのであるが、ことばの意味が曖昧模糊としていることは争われないところであろうし、戦力の不保持、交戦権の否認も、「前項の目的を達するため」という制限内のものであると見、だから自衛のための戦争などは放棄しないのだというような意味がこれによって一層はっきりするとして、戦力の保持も全面的にこれを行わないというのではない、というように思う人があるのも無理からぬことであろう。

最後に、特に注意を要するのは、「交戦権」ということばである。第一項の、戦争及び武力による威嚇又は武力の行使の放棄が、決して無条件のものでなく、「国際紛争を解決する手段としては」という制限つきのものであって、自衛のための戦争などは放棄していないのだと、政府も議会も、そして学者達も認めるところでありながら、しかも第九条全体としては、横田喜三郎のことばを借りれば、一〇〇パーセントの戦争放棄であるという風に説明されるのは、第一項のため、特にこの「交戦権」ということばのためであった。第一項の制限の枠が、交戦権の否認ということによって取り外されてしまうという大奇術を、政府も議会も、そして学者達までもが、全世界の監視の中でやってのけたのであった。「戦争放棄に関する本案の規定は、直接には自衛権を否定してはおりませぬが、第二項において一切の軍備と国の交戦権を認めない結果、自衛権の発動としての戦争も、また交戦権も放棄したのであります。」というのが吉田首相の答弁、「第九条の第一項が自衛のための戦争を否認するものではないけれども、第二項によってその場合の交戦権も否定せられているというのでありま す。」というのが芦田委員長の報告。「第二項の後段の規定の結果として、あらゆる場合に、日本は戦争をする権利を有しないことになる。つまり戦争をすることができないことになる。第一項の規定では、単に国際紛争を解決する手段として、戦争を放棄したに過ぎないから、そのほかの場合には戦争をしても差支えないわけである。ところが第二項の後段によって、無条件に交戦権を否定したから、たとえ紛争を解決する手段としてでなくても、やはり戦争することができないことになる。」というのが横田喜三郎東京大学法学部長の解釈なのである。

政府や帝国議会の議員や専門の学者の言を私は奇術と言った。たねもしかけもございませんと奇術師は言うが、たねもしかけもなければ奇術はなり立たない。そしてここにも、それが奇術であった証拠にやっぱりたねがあった。奇術師は代を払わねばたね明かしの本を売ってはくれないが、わが吉田首相はただで種明かしをしてくれた。「交戦権というのは、戦争を行うことに基いて生ずる種になる権利であると存ずるのでありますが、斯様な規定をおくことによりまして平和の現出が余程確保せらるるのではないか、若しこの交戦権に関する規定がないと、相当程度まで戦争状態を現出せしむる、この規定があればなかなかそうはゆかない、戦争中に外国の船舶を拿捕することもできないし、或は又その占領地というものも、国際公法に認める保護を受けないし、俘虜などということも起って来ないということによりまして、大分平和の実現に近い条件になると考えております。」これが吉田首相の議会における答弁である。交戦権というのは、戦争をする権利ということかと、私は単純に考えていた。ところが吉田首相は、交戦権の否認といっても、たとえば自衛戦争をする権利を否定しているのではなく、否認するのは、戦争を行うことに基いて生ずる種々の権利だというのである。だとすれば、ここに使われた「交戦権」ということばそのものが既に戦争を前提としたものであり、否認とはいっても、それは戦争という全体を肯定した上での、その一部を否定するに過ぎないではないか。

「交戦権」の語義がどうであろうとも、又その否認が「戦争をする権利」をさすものであろうとも、第二項が第一項を、しかも第二項後段の、それも僅か十二字が、第一項全体をおおい包んでしまうということが、法文の体裁上、一体あり得るのであろうか。私どもの常識の世界にはそのようなことはない。第一項を骨抜きにしてしまうような、そんな強い力が十二字にあるのなら、第一項も第二項も要りはしない。あっさりと、「第九条　国の交戦権はこれを認めない。」とだけ言えばそれで沢山ではないか、それで一〇〇パーセントの戦争放棄になる筈ではないか。門外漢である私にはそう思われるのであるが、ここで佐々木惣一氏の意見に耳を傾ける必要があると思う。「『国の交戦権はこれを認めない』これは日本国憲法第九条第二項後段の定めるところである。交戦権は戦争をなすの権利であるが、それは他の国家に対して主張する意志の力である。故に交戦権を認めないとは、国家が戦争を為すことについて、他の国家に意志を主張することを為さない、とするのである。それは国法上の拘束である。交戦権そのものは国際法上の権利であるが、憲法が交戦権を認めないというのは、わが国自身で、わが国は他国に対して交戦権を主張しないと定めるのである。故に、同条第一項戦争の放棄とは全く別のことである。戦争の放棄は、戦争を為さぬという行動そのものについての定めであって、他国に対して、交戦権を主張せぬという意志主張についての定めではない。故に、交戦権を認めないと定めるからとて、戦争という行動を為すことをしないというのではない。従って、憲法第九条第一項の戦争放棄の規定は、この交戦権の否定の規定のために何等の影響をも受けるものではない。即ち、憲法第九条第一項において、戦争の放棄が、国際紛争を解決する手段としてする戦争について定められたのであって、他の戦争については定められないとすることは、同条第二項後段の交戦権の放棄により、何等影響を受けない。換言せば、憲法第九条第二項の、交戦権を認めないと定めることを根拠として、同条第一項を解して、戦争は、国際紛争を解決する手段以外の手段としても、これを放棄するものと考えてはならぬ。

国際法学の権威といわれる東大法学部長横田博士が、一〇〇パーセントの戦争放棄だと言っているこの第九条が、私にとってはかくも不可解至極なのではあるが、それは勿論法学のいろはも知らぬ素人のあさましさで、今からでも大学に入って正規の学問をみっちりやれば、やがては、吉田首相、芦田博士、多くの憲法学者のいわれることがおぼろげにでも分って来、その正しさに対して、今日の私のこの広言を真赤になって恥じ入る時が来るであろう。だが今は、残念ながら疑問は次から次へと起って来て、唯一人悩み苦しむばかりなのである。国憲の発動たる戦争はまがりなりにも放棄したとしても、日本国民が個人として、何万何千万と他国の軍隊に志願兵として入って行って、いつかどこかの戦争に参加する、そのようなことが起る心配はないのであろうか。憲法はこれを禁止していない。フジヤマの飛魚一人が文化日本を象徴しても、別の飛魚の大勢が、他国の都市に爆弾を投じたりしてその国の内戦を長引かせ、更にその内戦を国際戦争に発展させるようなことがあったとしたら、それでも日本は平和国家を誇り得るであろうか。「今は占領下だから仕方がないが、やがて講和条約が締結されれば、日本も国際連合に加入できるだろうから、その時には国連の力でわが国の安全は保障される」と言っている人がある。国連そのものが、永遠に世界のどこにも戦争を起させないだけの力を持っているというならば話は別だが、尤もそうだったら、日本など何もわざわざ国連に入る必要もなくなるわけだが、国連の安全保障は、侵略戦争の勃発、従って制裁戦争を予想してのそれではないのか。国連に加入すれば加入国としての義務が生ずる。制裁戦争が始まった場合、日本は果たして中立が保てるか、こんな疑問に対してある学者はこう言った。「加入の時に条件をつける、日本の安全は保障してもらうが、制裁戦争には加わる義務を負わない、つまり片務的援助条約だ。」と。別の学者はこう言った。「日本に武力はないから武力は提供しない、物資や基地を提供すればそれで義務が果たされる。」と。果たしてそんなものだろうか。「中立条約の締約国が複数なるがため、いよいよの場合にかえって責任を持たぬ危険があるとすれば、日米防衛協定も一つの考え方であろう。」とか、「講和後の連合軍の駐兵を四六・四パーセントの多数を以て日本国民は望んでいる。」というようなことを、堂々と社説の中でとなえている新聞がある。それは果たして国民の声の反映なのか、それともその新聞の独断なのか。それはともかく、この社説は、明確に憲法第九条を認識し、『日本は戦争を放棄した』という題目の下に書かれたものであった。話はいささか横道にそれたが、私の最も大きな疑問は、第二章第九条をこのままの形で放っておく時、いつの間にやらこっそりと再軍備をすすめて行っても、或いはいよいよの場合、戦争にまきこまれるようなことがあっても、その場合において、これらは何等第九条に反するものではないというような解釈がどこかからとび出して来るという心配はないかということである。憲法擁護の任務の如何に重大なるかを痛感し、民主主義の前進のために、全力を傾けて努力しなければならぬと考えている教育者の一人として、この第二章第九条が、前文に示された平和主義の大精神を明確に具現するように書き改められることを主張し要望してやまない所以である。

6、宮城県白石中学校への転任

一九四二年四月「北海道廳立札幌第二中学校教諭に補す」の文部省辞令で北海道に渡った三島は、その十年後に、北海道を去る青函連絡船に乗ることを考えていただろうか。

名寄高校・深川高校で三島が書いたものを読み、三島を知る人たちの三島論を聞く限り、教職半ばで北海道の地を離れることは自分の頭の中にはまったくなかったように思う。

では、なぜ考えもしなかった連絡船に乗ることになったのだろうか。

北海道最後の学校になる深川西高等学校の森谷長能は次のような話をしている。

三島校長は戦前の軍国主義教育の反省が強かったのだろうと思います。保安大学受験希望の生徒・父母にそれぞれ会い、「この大学は普通の大学の受験と異なり、軍人幹部を養成する大学だ。憲法にも抵触する重大な選択で、私自身の戦争体験から生徒を戦場に送り出す人生選択には賛成できない」という趣旨を述べ、できたら思い止まってほしいと説得し、父母もその熱い説得に同意したのです。

ところが、これが新聞にショッキングに報道され、人権侵害の疑いもあると問題化し、結局、人権侵害の事実は認められませんでしたが、「あの校長は『左』がかっている」「あの学校は偏向している」という偏見を地域住民に浸透させる状況になったのです。

もう一つは、生徒寮の火事があって、原因は特定されませんでしたが、幸いボヤ程度に終わった事件でした。その管理責任を問われて、先の保安大学事件と合わせて左遷されたのではないか、あるいは、三島校長自身が潔く責任をとったのではないかという推測がなされましたが、真相はよくわかりません。

一九五八年、三島は「思い出すままに」と題する文を第四代校長として「深川西高等学校二十年記念史」に寄稿しているが、その文は次のように結ばれている。

……この不都合千万な併合体制を解消して、二つの独立校に戻すことについては私もいささかがんばりました。道教委事務局へいくら足を運んでもらちがあかないので、おしまいには、よくない事とは知りつつ、七人の道教育委員の自宅を一軒一軒訪問しました。そして一九五三（昭28）年四月、深川西高等学校が天下に独立宣言を行った時、私は宮城県への引っ越し荷物をとりまとめていました。

既に宮城への転任の内示を受けながら、深川高校の東西二高への完全独立に奔走していたことが読みとれるが、森谷たち職員は、三島の新制中学校長への降格とも言える転任を後になっても推測でしか語っていない。そのことは、三島自身転任理由をだれにも告げずに北海道の地を後にしたことを物語るように思われる。

三島の新しい勤務校は、福島県と隣接する宮城県刈田郡「白石町立白石中学校」。「白石町立白石中学校」は、宮城県刈田郡白石町に新制中学校として一九四七年設立され、一九五三年四月着任した三島は新制白石中学校第三代校長になる。その翌年の一九五四年四月一日、白石町は近隣五か村と合併して「白石市」となり、学校も「宮城県白石市立白石中学校」となった。

白石中学校は町内に一校だけの中学校であり、三島の着任時の生徒数は約千三百名。在任最後の一九五七年度には千五百名を超すマンモス校になっていた。

白石中学校長としての三島について、当時の職員であった中村敏弘と佐久間幸子に直接話を聞くことが出来た。

三島が白石に来る二年前の一九五一年、町内に数人が集まっての雑誌「教育」（教育科学研究会機関誌）を読み合う会（後日「刈田サークル」と名付く）がつくられており、二年後からはガリ版刷りの機関誌『刈田』が発行されるようになった。サークルの会場に白石中学校の宿直室がよく使われており、三島も赴任早々から刈田サークルの一員になり、機関誌『刈田』創刊号から寄稿をしているので、中村・佐久間の話とともに、機関誌『刈田』への三島の寄稿文をも合わせて、白石での三島の五年間を追ってみる。

三島が白石の地に赴任した一九五三年、中村は東北大学教育学部の四年生で、白石から通学しており、白石中学の新しい校長・三島孚滋雄の名を「図書館で知った」と言う。図書館でたまたま読んだ総合雑誌『改造』に、清水幾太郎の日記が載っており、その中に「白石の校長の三島孚滋雄と話をしていた」という文を目にして大いに驚いたとのこと。

中村の言うには、「清水幾太郎は進歩的文化人の象徴みたいな存在のひとりであり、その清水のところに自分の住んでいる白石という田舎の校長が行き、泊まりこんで話をしていったというのだ。その時から、（三島という校長はいったいどんな人だろう）と強い関心をもつようになった。」「その後、清水幾太郎の講演会が白石であり、それも三島孚滋雄がよんでいるということも耳にした」と。

しばらくして、宮原誠一の講演会が市の公会堂であった。これも清水の時と同じように市民向けの講演会だった。宮原誠一という教育学者は知らなかったが、東大の偉い教育学者が来て話をするというので聞いてみようと中村も講演会場である公会堂に行った。

その宮原を招いたのも三島校長だったことを中村は後で知った。

その二人だけではない。羽仁説子・勝田守一・矢川徳光などの市民講演会が、それ以降も開かれ、それらもすべて白石中学校長の仕掛けによるものということだった。

中村は、驚くと同時に会ったことのない校長三島に強い関心をもち、(どうせ勤めるなら、こういう校長のところに……)と思うようになっていた。

中村は三島宅をたずねたことがあった。三島の話は明快で、生き生きしており、大学の教職科目で聞く話とはまるっきり違っていた。学生でありながら、(現場ではこうでなければなるまい)と思う実際がその会話の場で次々と出てくるのだった。

市民講演会とは別に、学校では、生徒たちのために、無着成恭を招いて講演をしてもらったと聞いた。無着はブタペストの世界青年平和友好祭に行って帰ってきたばかりだったらしい。

講演会だけではない。中村の白石中学校赴任後も、三島は、巌本真理・黒沼ユリ子・鈴木秀太郎など高名な音楽家たちを招いて、年に一度は白石中の講堂で音楽会を開くような人でもあった。

中村は、「私の就職は、たいへん恵まれていた。それは、一九五四(昭20)年以来、両親ともに住みついていた宮城県南部の最大都市(といっても人口わずか四万五千人だったが)・白石の中心校に勤められたからではない。敬意と好意のもてる校長のいる白石中学校に勤めることができたからである」と言う。

中村は「非常にうれしかった」と六十数年前を思い出して笑みを浮かべ、「敬意と好意のもてる校長がどんなにいいものか、当時もいいものだとは思っていたけれども、あとでその校長を失ってみて、痛切にそのよさがわかった」と言葉をつづけた。

職員が校長室に自由に入れて、三島は在室していればどんな話でも聞いてくれた。そしていっしょに考えてくれた。三島の話には、いつも何かを教えられ、深く考えさせられた。

職員会議でも、三島は、だまって討論させておいて最後に断を下すというようなことはしなかった。むろんじっくり聞いているが、途中でよく口を出した。そして職員とやりとりすることを楽しんでいるようにさえ思えた。

それは、校長対職員と対立の議論というものではなく、互いに対等の立場で問題を深めようとしている姿勢がだれにも見えた。しかも三島の話には、鋭い洞察と、子どもたちへの深い理解とがふくまれていて、教えられるところが多かった。

とは言っても、すべての職員が、三島を理解しようとしていたわけではなかった。

たとえば職員会議での三島の発言についても、「あれでは自由に意見を述べられなくなる」とつぶやく人もいた。三島は、限られた時間内で討議する場合はなおのこと、枝葉をすべてとりはらって問題をくっきりさせなければならないという主義であった。そういう合理的な進め方に対して、「温かみがない。急進的だ。」と考える人もいた。職員だけでなく、町の有力者や教育委員会関係者のなかにも、そういう目で三島を見る人がいたらしい。

7、全校で映画「ひろしま」を鑑賞

三島は白石赴任一年目の三学期、「全校生徒の映画『ひろしま』鑑賞会」を企画したことがある。

それに対して、親たちの間から批判が出た。白石は城下町の気風が残っていて、他と比べると封建的な雰囲気をもつ町と言えるかもしれない。

六十年以上も前のことになるので、映画「ひろしま」についておおよその説明をしておく。映画「ひろしま」は、一九五二年八月、「いかにしてあの日を正確に再現するか」を主眼にし、日教組中央委員会が制作を決定。長田新編集の『原爆の子』（1951年・岩波書店）を八木保太郎が脚色。全国の組合員ひとり五十円のカンパで二千四百万円を集め制作費とした。日本教職員組合に参加する広島県教職員組合と広島市民の全面的協力で制作され、広島市の中学・高校生、教職員、一般市民約八万八千五百人が手弁当のエキストラで参加した。その他にも、労働組合、被爆者の会、地元企業の多くが制作に協力している。

一九五三年八月十日、ヒロシマ市内で試写会。上映後には、「原爆の子」の手記を書いた子どもたちの会の会員、関川秀雄監督、長田新広島大学名誉教授らの座談会がもたれた。

同年九月、制作側が全国配給元として交渉していた松竹は、「反米色が強い」として、登場人物の「ドイツではなく日本に原爆が落とされたのは日本人が有色人種だからだ」という趣旨の台詞がある場面など三つのシーンのカットを要求したが、両者譲らず、九月十一日、制作側は「広島、長崎は自主配給」の方針を決定。

九月十五日には、東京大学職員組合と日本文化人会議が東京都内（東京大学構内での上映予定が大学当局によって禁止。港区の兼坂ビルに変更）で初めて映画が上映された。

十月七日、制作元と北星映画の共同での配給で、広島県内で封切り。大阪府教育委員会が試写会を開いて「教育映画」としての推薦を見送るなど、学校上映にも厳しい壁がたちはだかった。

映画「ひろしま」の制作から上映までの流れを簡単にまとめると以上のようになるが、この動きをみても、戦後五～六年にして早くも、「ひろしま」のような映画上映についてさえ（「ひろしま」だから？）スムーズに運ばない各地の世情になっていることがわかる。

それを三島が知らなかったわけはない。一年近く生活した土地の風土も十分理解できていたこともまちがいないだろう。そのうえで三島は全校生徒に「ひろしま」を鑑賞させた。

平和主義者としての三島としては、この映画上映をめぐっての各地の動きを十分承知のうえでの「ひろしま」鑑賞会に迷うことはなかったのであろう。

当然のことであったが、他所同様、白石でも、「『ひろしま』を観せるなんて校長は赤い!」などという噂が立った。

それに対して、三島は、自分で手書きのガリ版刷りの便り「御家庭の皆様方に」(2月26日)をつくり、「校長　三島孚滋雄」名で、以下のような、映画「ひろしま」全校鑑賞会についての学校としての趣旨説明をしている。

7、全校で映画「ひろしま」を鑑賞

御家庭の皆様方に一言お便り申し上げたいと存じます。

私は、着任以来早くも一年近くなりましたが、平素は失礼ばかり致しております。楽しい修学旅行も終ったあと、中学校最後の年の学習にいそしんでいた三年生諸君の晴れの卒業式も、もう二十日後に迫りました。二年・一年の終業式は三月二十二日の予定でございますが、一、二年の諸君とは更に引きつづき共に暮すことができますのに引きかえ、皆様のお力で着々工事進行中の新しい校舎の落成も待たずに卒業してゆく三百三十六名の三年生諸君とは、もうすぐ、お別れかと思いますと、一日一日が、何か切ない気持でいっぱいでございます。卒業の後は、一人ひとりが、必ずその志望する方向へ雄々しく躍進してくれますことを、心から期待致しております。

お話し申し上げたい事、御相談申し上げたい事はほんとうに山程あるわけでございますが、本日はほんの二・三の事についてのみ申し上げます。

一昨二十四日、学校では一年生全員を中央劇場に引率致しました。映画「ひろしま」を、授業の一部として見せるためでございました。

「ひろしま」は、広島大学教授の長田新氏の手によって作られた「原爆の子」という、原爆を受けた子どもたちの文集の映画化されたものでございますが、この映画は、全国五十万の教職員が組織している日本教職員組合が製作したものでございます。

しかし、日本教職員組合は、これを児童生徒の教材として製作したものでございません。ましてや学校としましては、日教組が作った映画だから当然みるべきだなどとは毛頭考えておりませんでした。従って、この映画が白石に来るとわかった時、これを生徒にみせるかどうかについては、一同で長時間真剣な討議を致したのでございました。

——このようなものは見せたくない。——映画を見せるならなるべく美しいもの、美しいものを見せたい。

こういった気持ちは、実に私共みんなのいつわらざる気持ちでございました。しかるに、一昨日は一年生に見せました。今日は二・三年生に見せました。学校と致しましては本当に苦しいことでございます。

——見せたくはないが見せなければならぬ。——われわれとしても、いくら見たくなくとも見なければならぬ。

これは一体どうしたことでございましょう。それは、広島・長崎の原爆が、九年前の過ぎ去った出来事、過去の悪夢として忘れてしまった方がよい出来事ではないからでございますまいか。

映画の中にも出てまいりますが、私たちがこうして丈夫に暮らしております間にも、毎日のように原爆症のために死んでいく方がおられるのでございます。私この前、作家の大田洋子さんにいろいろお話を伺いましたが、大田さんもいつ命をうばわれるか分からぬ日々を送っておられるのでございます。大田さんは、雑誌『世界』の三月号に全く私共の想像もつかないような、肉体的、精神的の苦しみを小説として書いておられますが、私と話をしておられる間にも、のべつ水を飲み、また「寒い　寒い」と言っておられました。

それに、アメリカにもソ連にも、イギリスにもカナダにも、原爆の数は日々ふえて行っていると聞きます。

「ひろしま」を見て、生徒達は何を考えるのでございましょう。どんな影響を受けるのでございましょう。学校で引率して見せた以上、私共はその指導には万全を期さなければなりません。しかし、私共の指導は決して完全とは申せません。勿論あらゆる努力はつくしますが、この点につきまして、御家庭の御協力をお願い申し上げたいのでございます。

どうかお仕事のあと二、三時間をこの映画のためにお割きいただき、御家庭において、子どもさんと共に、この映画について、そして又、日本国民の今後のいろいろのことについて、お話し合いをしていただきたいのでございます。何卒なにとぞお願い申し上げます。

それからラジオは、毎週木曜日の一時三十分間から十五分間の中学校放送を実施しておりますので、これもどうかおきき下さるようお願い申し上げます。

ただ今の国会はいろいろ汚職のことで大変でございますが、それもさる事ながら、予算、MSA協定、警察法改正案、そして教職員の政治活動の禁止の法案、教育の政治的中立確保のための法案と、実に重大なことが山積しております。特に教育関係の二法案につきましては、私共と致しましては、当然の事ながら、本当に真剣に考えております。日本教職員組合と致しましても、何とかこの二法案の提出を見合わせて下さるようにと文部大臣にお願い致しましたが、遂に二十三日、衆参両院の本会議に上程されました。

全国民の中には実におびただしい人々が、この法律はない方がよいと言って、盛に動いております。たとえば、学習院大学の安部能成学長を代表者とする平和問題懇話会の学者文化人の方々は特に真剣でございます。

ところが一方、この法案への賛成者を増すようにとの努力も行なわれております。たとえば、自由党の機関紙「自由党報」第八十六号は、この問題の特集号として全国各学校のPTAに配布されました。本校のPTAに三十枚程まいりました。このように種々の議論が沸騰し、各種の大きな宣伝が行われるというような事は、日本の教育にとりまして本当に大変なことでございます。かかる際におきまして、皆様方の御子弟をおあずかりしている私共と致しましては、絶対に誤りをおかしてはならぬと深く深く考えております。

最初に申し上げましたように、私、この学校の校長として、近く第二年目を迎えるわけでございます。今年一年間は、何分はじめての中学校勤務でございましたので、校内外のいろいろの勉強にあけくれ致し、学校経営の基本方針といったものも十分確立できないままに過してまいりました、しかし二年目ともなりますれば、どうあってもしっかりした方針を持たなければなりません。しかし、今度の法案の問題ひとつを考えてみましても、本当に生徒諸君のためになる立派な方針を確立致しますことは、実に容易なことではございません。

申すまでもなく、校内では、先生方と共に、できる限りの研究討議は致しております。その中、ある程度の成案ができましたならば、皆様方にも是非御覧いただき、何かと御意見を伺いたいと存じております。今日の文部省は、その性格から言っても各学校の教育方針を作ることはできません。教育委員会だけでどうにもなりません。いわんや私共の微力のみをもって大方針を確立致すことは不可能でございます。どう致しましても、全部の御父兄、全部の町内の皆様の御知恵、御力をいただかなければならぬわけでございます。特に御協力をお願い申し上げる所以でございます。

この映画「ひろしま」鑑賞についての「御家庭の皆様方に」が親や町民にどのように受け

止められたかはわからない。文面から推測すると、三島はこれまで、講演会など市民向けの文化活動と並行して学校づくりを考えつづけており、「ひろしま」鑑賞が、白石中学校の生徒や親たち、そして町民への、三島の赴任以来初めての具体的な教育宣言であった言えるのではないか。

話は変わるが、翌年、教師への道を歩き出した初任の中村が、その最初の入学式で驚くことがあった。

式が始まる前に三島が立ち上がって父兄に呼びかけた。

「君が代を歌いますか?」

「歌いませんか?」

「歌うことに賛成ですか?」

「反対ですか?」

と。

これには、聞かれた方の父兄が驚き、ドギマギしていた。みな返事に困っていた。

式の始まる直前にそのようなことを聞く、そのこと自体を怒った人もいた。

急に親の意見を聞いて式をやるなんて何事だと言う人もいた。

それともうひとつ、「歌わないなんてことがあるなんて」と怒った人もいた。

しかし、三島は平然としていた。確かに、「君が代斉唱」は入学式の式次第の中には書かれていなかった。

職員も寝耳に水だったから、初めての中村ならず、職員一同も仰天した。

その結果は、「歌う」という人が多かったことから、「君が代」を歌うことで式は始まった。三島は歌うのはよくないとは言わなかった。皆さんのご意見が多ければ歌いましょうというわけだったのだ。

「これは、『大事件』だった」とその時の様子を思い出して言う中村。佐久間もうなずく。親との間に起きた『事件』と言えば「運動会のウィークディ開催」もだったとふたりは言う。

当時は週六日制。運動会などの学校行事は日曜日開催が多かった。親たちも参加しやすいように日曜に行っていたのに、三島は「運動会を平日にする」と言った。「どういうことなのか……」と、職員一同いぶかった。

ところが、三島の言う平日開催の理由はこうだ。

「運動会は学校行事であり、学校教育の一貫である。学校行事なのだから平日にやればいいのだ」と。

「親は運動会を楽しみにしており、日曜日だから見にこれる人が多くいる」という意見に対して三島は、「学校行事は親のためにやる行事じゃないんだ」とのこと。

この三島提案に対して、校内の職員からの反対が多かった。日曜日にすると、祝儀を持ってくる人もいる。その祝儀が慰労会にまわったりする。三島は、そういうことをひどく嫌った。「いろんな場でそのような関係を親や地域の有力者たちとつくらないようにしていきたいというねらいも平日開催主張にはあったのかもしれない」と中村たちは言う。

平日開催になっても、これまでの慣習から祝儀を持ってくる人はいた。その人たちに対しては「学校の行事ですから、一切受け取ることはできません」と受け取ることをしなかった。職員にもそのことは堅く周知させていた。

これまでの長い慣習にそって祝儀を出した方からすれば「せっかく持って来たのに!」と気分を害する人も当然出てきた。しかし三島は少しも曲げない。類似のことで職員も驚くことがいろいろあったが、三島はこれらに関することについては絶対に譲らなかったという。

8、実務学級の特設と能力別学級

校長二年目の一九五四年度に「実務学級」、今で言う特別支援学級を特設した。中村は「私の記憶で言えば、宮城県下でもっとも早い設置ではなかったか」と言う。

戦後二年目の一九四七年十二月に「児童福祉法」が制定された。「新憲法の理念に従う、児童の福祉に関する基本法。……敗戦による国土の荒廃と混乱のなかで、子どもに日本の未来を託そうとする多くの国民の願いが，いち早い成立を促した」法が「児童福祉法」である。

その後、障害者関係団体が戦後すすめてきた運動の成果として、一九四九年には「身体障害者福祉法」が、一九六〇年には「精神薄弱者福祉法」など障害種別の法律が定められた。

しかし、「その相互関連が弱く、また具体的施策も一貫性、体系性に乏しく、結果として障害者の権利保障がきわめて不十分にしかなされない状況があり、障害者関係の諸団体からそれぞれ、障害の種別・程度のちがいをこえた総合的な法律の制定が要求されていた。」（労働旬報社『現代教育学事典』)。

宮城県は、一九四八年に県立の盲学校・ろう学校を設立。一九五〇年に施設として仙台市向山に「亀亭園」をつくったが、総合的な障害児学校設立までにはその後時間を要したので、三島の白石中学校の実務学級特設は先駆的取り組みであったといっていい。

このクラス担任にはYさんが引き受けた。Yさんについて中村には次のような思い出があるという。

私の大学時代の教育実習は、観察・参加・実習という三項目あった。観察はどっかの学校に行って見てこいということ。私は白石に住んでいたから白石中学校に行った。白石中学校に行ったのは、その時が初めて。『教育実習の一環として観察させてほしい』とお願いすると三島校長は、Yさんの学級を推薦してくれた。Yさんは優秀だったからだと思うんです。

その中村の話から推すと、特設する実務学級の設置意図から、その担任にYさんを三島が指名したのではなかったかと想像する。Yさんにも三島にも聞くことはできないが。三島が早々と実務学級を設置したのは、それらの子どもたちに生きる力をきちんとつけたかったからに違いないと考えるからだ。

実務学級に次いで三島は「能力別学級編成」の提案をしている。三島の二年目の三月である。これは職員と対立する。

能力別学級編成は、「あとでこそ文部省が導入するけれども、この時分これを言ったところはなかったろう」と中村は言う。〝能力別〟と言うと聞こえはあまり良くないと言われるけれど、三島に言わせると、「やっぱり能力が違えばハードルは、高さは違っていいんだ、それに応じて指導して跳び越えられるようにしてやれば子どもたちのためになるだろう。だから能力別に分けて学級編成しようじゃないか。」という提案だった。

これは職員会議でもめた。生徒たちも反対だった。

佐久間の記録によると、三月九日の職員会で話し合ったがまとまらず宿題になる。翌年度の四月五日の職員会で議論の末、「一学年八クラスだったが、二年三年生の各一、二組だけ特別なクラスにし、三組からは通常にする」という案が通った。

「能力別というときの評価対象教科は数学と英語だった」と中村。

佐久間はその二組の担任になったが、二組担任は二人で組んだという。この二人担任制も三島らしい。この一、二組を厚くして少しでも普通の学力を身につけさせてやりたい、そのために少しでも良い環境をつくってやりたいと考える三島の配慮だったのだろう。しかし、一部能力別学級編成はつづかなかった。生徒の強い反対があったのだ。

その年度の一月に三年生が、三月には二年生が廃止されている。

三島は、学校の組織の民主化のためにも種々気を配った。学級担任や校内の係などについては自分が決めずに「みんなで決めてくれ」と言った。それで、そのための委員会をつくった。委員会は、職員の各世代から代表を出して構成し、その委員が、学級担任や校務分掌などを決めるという作業をすすめた。

三島は、自分たちで考えるということを重んじた。「もちろん、内心反対だった人もいたと思う。仲間内で決められるなんて嫌だ、校長に任命されれば嫌でもやるけれども、という人が」と中村。

また三島は、外部に出かけることを極力おさえるようにして学校にいた。授業が好きで、出張などで空く教室があると、「ぼくにください。」と言ってすすんで授業に行った。授業中、校内を歩き回ることもよくやった。このときは教室の後ろから決して入らない、前の方から入る。だから、校長が来たことは教師にも分かるし子どもたちにも分かる。

「子どもたちにも分かるというのは大事だと思う。後ろからそーっと入るのは、授業をやっている教師には分かっても、子どもたちには分からないことが多い。これは良くないと思う。」と中村は言う。

ただ、各学年十二学級、全校で三十六学級の大規模校では、いくら三島がせっせと出かけて行っても、まわりきれるものではない。職員数も六十人を超えていたのだから。

しばらく授業を見ていてから、三島は授業に口を出してくるのだ。「介入授業」という言葉が群馬・島小学校の斎藤喜博で有名になったが、それ以前に三島が介入授業をやっていたということになる。

つまり、生徒たちに、聞いていた発問をもう一度別な言葉で三島は問う、問いかけ直す、聞き返すのだ。

子どもたちは三島の言葉の方に応える。そうすると、三島と子どもたちの間のやり取りになる。授業者の中村はそれをただ見ていることになる。そういう意味ではほんとに介入だ。中村は授業を取られたのだから。子どもたちはというと結構面白がっていた。

どの教室でも同じようであったかどうかはわからない。もしかすると、このような介入は新任であった中村の場合は特別であったのかもしれないが、そんな調子で、三島は、時間が空いていると、積極的に、休んでいる教師のところに行っては代わりに授業をしていた。

9、焼けた学校

五十周年記念誌の中の「沿革・概要」によると、三島の三年目になる一九五六年三月四日「火災のため西側十二教室焼失」とある。

三月十五日の卒業式の直前であった。

この火災について、三島はS誌の要請に応えて、校長としての想いを書いているが、その三島の文『焼けた学校』の前に、原稿を依頼した編集部はその意図を次のようにおいている。

「校舎の半分をもやしてしまった。精神薄弱の男の子O君。彼にとって、マッチをたべる手品をみたのは、もののもえるふしぎさに魅せられる、はじまりだった。三月四日。日曜日のだれもいない教室で、おいてあったストーブ用のたきつけに、火をつけ、チョロチョロもえるのをみた彼は、それでまんぞくして、そのあと大きな火事になろうとは思いもよらなかった。火が発見された時は、もう次の教室がもえていて、十三教室は灰になってしまった。この事件は、ひとつの中学校、そしてそのまわりのひとびとを、どんなふうにゆりうごかしたか——。白石中学の校長先生の、ありのままの報告を、皆さまにおつたえします」

以下が三島の文である。

●なぜかえらないの……

六月五日の午後一時すぎ、ふたりの女の先生があわただしく校長室に入ってきた。三日前に仙台に出張してもらったふたりなのだ。

——Oさんが見えなくなったのだそうです——と言いも終らぬそのあとから、O君のお母さんも入って来られた。

「今し方警察の方が見えましてね、子どもをかくしているのではないかときかれるのです。びっくりしてとんで来ました、この間わざわざあの子のようすを見に行ってくださった先生方にうかがえば何か分かるかと思いまして」

至急電話で仙台の亀亭園にきくと、O君は一時頃に帰園していた。豚の御馳走をもらいに三人づれで出かけたのがひとりだけ帰らず、園の方ですぐ近くの交番に頼んだため、ここの警察が探しに来てくれたのであった。一同はホッとした。お母さんも安心して帰ってゆかれた。

◇◇◇

この白石中学校の火災の日からちょうど二カ月、O君をわたしたち数人で亀亭園に送って行ってから一月半になる。亀亭園に収容されている六十人の子どもたち、子どものない山本園長夫妻は、この六十人を自分の子どもたちとして、仙台市街をはるかかなたに見下しながら、静かな、しかし厳粛な毎日を過ごしておられるのであった。

医師の診察は、IQ50のO君を、普通教育の対象外と判定して、四月十七日、他にはひとりの息子も娘もない両親の手許から、そして私達の手許から連れ去ったのであったが、ここ亀亭園では、O君の智能は最高の部に位する。小学校時分からの友達といっしょに、父性と母性とを同時に持ちあわせたようなY先生にほめられたり叱られたりしながらいそしんでいた木工や焼物や農耕の日々が懐かしくないであろうか。あんなにもかわいがっていた中庭のニワトリやウサギや山羊を夢にも思い出さないであろうか。それより何より、「母ちゃん!」と叫んで、今日の日まで飛んで帰らなかったのがふしぎなくらいである。

◇◇◇

まもなく帰園したとの電話に安心して帰宅なすったお母さんではあったが、しかし、あのまま帰園しないで、お金が無ければ十里の道を歩いてでもいい、本当に家へ帰って来てくれたならと、心の中ではそう祈っておられなかったであろうか。いやいやとんでもない、焼けた十二教室の復旧工事もまだはじまっていない今時分、もしあの子の姿を町の人々に見られたらそれこそ大変だ、あの子を殺してわたしもと思いつめたあの時、あんなにもやさしくいたわってくださった先生方や町の人々のありがたさにつけても、いい子だよ、しんぼうするんだよ、お母さんもじっとがまんするからね……安心し、笑って帰ってゆかれたお母さん、このお母さんの心が本当に安まるのはいつの日のことであろうか。

●放火事件なのだろうか……

——原因は生徒の放火

ラジオ、新聞はそう報じた。だれもいない日曜日の朝、二階の教室にただひとり、ストーブ用たきつけを燃したとO君はいったのであった。だが……

「はたしてこれが法律用語で冷厳に定義づけられる放火であろうか。十までの数え方さえできないこの少年が、はたして目的をもち、意識してすった一本のマッチだったたであろうか。」

白石評論の本城氏は厳粛なおももちで語るのであった。

「よしんばこの火災原因を結論づける言葉が放火以外にないとしても、この少年に、生涯〈母校放火の犯人〉という烙印を押していいものであろうか。この火災の焔は、日本の特殊教育の国家的な問題を大きく照らし出して見せたともいえるであろう。」

そして教育長も、教育委員も、市長も市会議員も、ＰＴＡも各校の教師達も、「御災難でしたね。」とあつい同情を寄せてはくれても、ひとりとしてＯ少年をにくみ非難する人はいないのであった。

警察はびんそくかつしんちょうな調査を行った。頭の下ったのはたまたまＯ君の家で顔をあわせた刑事であった。「わたしたちは職務としてできるだけのことはやっていますが、教育のことは分りません。一所懸命やっているつもりでも、わたしたちの仕事などほんとに上すべりで、ひとりひとりの幸福に役立つようなことは到底できません。」

そのような述懐をききながら、私はこの、何年間も戦地に行ってきたという刑事の、人の世を深く見つめた尊い姿に、あの、白髪の署長の人柄までしのばれるのであった。

●その子が悪いのではない！

仙台中央児童相談所長の小川博士が見舞いに来てくださった時、私の部屋では、市の教育委員会が建築についての協議のまっさい中であった。といってもそれは、麻生市長その他の人々の間髪を入れぬ努力により、焼失個所の復旧の上に数教室と水泳プールの増設まで決定された火災復興のことではなく、火災前に予定されていた特殊学級教室新築の相談であった。特殊教育に関しては格別熱心な関谷委員長や柴田教育長は、早速小川さんに相談に加わってもらった。そしてその六十余坪の落成は、今や十日の後に迫っている。

◇◇◇

県教委の内海指導主事を迎えて、特殊教育の校内研究会を開いたのは火災の三日前、三月一日のことであったが、その内海さんは、火災と聞くや、獅子奮迅の活躍をはじめた。三月一日にも微熱をおして来てくれたのであったが、内海さんがどんなに、気の毒な子どもたちを愛し、特殊教育の振興に挺身しておられるかはその手紙にも明らかであった。手紙の中で内海さんは、ことの経緯とこの学校に対する神のごとき理解を示したあと、いたれりつくせりの助言を与えてくださった。そしてこの手紙は、「だれが悪いのでもありません。特殊教育のふるわない日本の現状に原因があるのだと思います。」と結ばれている。

一週間にわたる世の啓蒙のための激しい奮闘は、ついに内海さんを病床に呻吟する身としてしまった。

実務学級を特設したのは、三島が白石中学校に来て二年目の四月であり、具体的な学校づくりの最初の仕事と言っていいかもしれない。前述したように実務学級特設について中村は「県内で最初でなかったか」と言っている。この「焼けた学校」の文からもまた、三島の教育観・学校観がよく読みとれる。

また、この頃には、赴任一年目にあった地域住民との学校観のズレも薄れてきており、学校への協力の姿勢も読みとれる。

四年目になる一九五六年度の沿革誌には、四月四日、実務学級教室建築着工。五月五日、実務学級登り式かまど取り付け。七月十三日、復旧校舎建築着工。七月十六日、実務学級教室完成。十月二十四日、復旧校舎落成。十一月九日、実務学級による購買部設置。十一月二十日、増築校舎建築着工、プール設備着工。二月二十九日、増築校舎竣工検査と並ぶ。ずいぶんと多忙な一年間だったようだ。

10、「河童通信」の発行

五年目の一九五七年度の三島については、職員に向けて発行した「河童通信」に凝縮していると言って過言ではない。通信には、学校長としての三島・白石中学校教職員のひとりとしての三島が何を願い、何を考えつづけてきたかが、一見さりげない語り口の中に山のように盛られている。

中村も「河童通信」にふれて次のように語っている。

「河童通信」で職員間とのひとつのコミュニケーションをはかる努力をしておられたと思う。折にふれてガリを切り、「河童通信」と題したそれを私たちに配った。三島のあだ名はカッパだったとかで、プリントの末尾にカッパの似顔絵がついていた。

ある号の「河童通信」には、国数社理英など各教科の問題が載っていて、「八十点以上とれた方には景品を上げます。」とあった。終わったばかりの定期考査から拾った問題で、自分の担当教科についてはすらすら解けたが、担当外の問題となると、あてずっぽうにしか答えられなかった。日ごろ、「こんなやさしいのが、できないはずがない!」などと子どもをいじめていた職員は、そのやさしさがどんなものであるか、思い知らされた。

それとともに、他の教科では何に力を入れているのかということも、お互いにわかった。それはさらに、生徒の立場に立って、それぞれの教科をふくむ学校教育全体を見なおすことにも通じるのだった。

この「河童通信」発行について三島は、第一号の「まえがき」に、その意図を、「これから時々この通信を出したいと思います。気がむけば書き、さもないとなまけるという次第で、第二号はいつのことやら分りません。別に計画もないのですから内容もでたらめでしょう。ただ、何かの参考になれば幸と思うだけです。河童通信ということばには、もちろん何の意味もありません。」

と書いているが、なんのなんの、通信全体を通してみると、四年間の白石中学校の学校運営から考え抜いたと思うこと、職員と一緒に考え合い高め合いたいと思うこと、自分の学校づくりの基本的な考えなどを、決して強制ではない形で見事に提示しているように思える。

それは、単に、白石中学校の四年間からという言い方は当たらないだろう。それ以前の北海道時代からの三島の教育者としての在り方のすべてが全二十号の「河童通信」に入れ込まれていると言って過言ではないだろう。残念ながら、このような校長の存在を知らない。知る限りの校長は、自分の校長としての「職務」を極めて狭くとらえ、学校の「長」としてのもっとも大事な仕事にはほとんど手をつけずに過ごしていたように思うし、今もまた同様ではないかと思う。

学校には、教師個々の問題に起因する出来事がたまたまあるにしても、いつになっても、学校らしい学校がみられない最大の要因が校長のあるべき姿を見せることのないところにあるのではないかと、「河童通信」は気づかせてくれた。

通信から考えたこれらのことについてはまた後に触れることにして、まず、河童通信を一号から二十号まで概観してみようと思う（紙数の関係ですべてをそのまま載せることはできないので、多くの省略がある。なお省略部分についての筆者の若干の説明を※で付す）。

■第一号（1957年5月7日発行）

これから時々この通信を出したいと思います。気がむけば書き、さもないとなまけるという次第で、第二号はいつのことやら分りません。別に計画もないのですから内容もでたらめでしょう。ただ、何かの参考になれば幸と思うだけです。河童通信ということばには、もちろん何の意味もありません。

無着成恭氏のこと

無着さんは、今は明星学園につとめているようです。彼のことですから学校の仕事、つまり子供たちの教育の仕事には夢中でがんばっているでしょうけれども、団体にも参加しているようですし、雑誌や新聞にも筆をふるっているようです。

わたしが彼にはじめて会ったのは昭和二十八年の秋にこの学校へ呼んだときでした。その年の夏ウィーンの世界教員会議に出席し、世界青年友好祭に参加し、東欧・ソ連をへて帰ってきたその報告をきくために呼んだのでしたが、時間が殆んどなく、ここに一時間あまりいただけですぐハイヤーで次の会場へ走ってしまいました。当時はお寺さんらしく坊主頭でしたが、今も多分そうでしょう。本校へ来たのは秋ではなく、十二月六日でした。

読まれた方もおありと思いますが、『教育』の四月号に右のような題で短い文を書いていますが、そのあらましを紹介しましょう。新しい学級を経営するに当って、まず無着さんの胸の中にうかんだのは次のようなことでした。

わたしの学級づくり

手帳に、赤いインクで、その日付のところに、その日生まれた子どもの名前を書きこむ。

読書カードの原紙を切り、それは画用紙に刷る（このカードはどんな様式でどんなふうに使うのでしょう）。

学級日誌をつくる（生徒の書いたある日の日誌が示されていますが、それは二千字ないし二千五百字です）。

自分から何でも進んでするという精神を植えつけねばならない。自主と独立の精神である。そしてそれは、学級集団の中で作りあげられねばならない。

さて、そうするにはどうするか。生徒をいくつかのグループにわけて、学級の中での自分たちのグループの仕事を意識させなければならない。つまり、目標のある学級、規律のある学級を作ることである。

このように記したあとで、無着さんは次の十のグループをあげています。

1、学級新聞を作るグループ　　2、カベ新聞を作るグループ
3、一枚文集を作るグループ　　4、学級文集を作るグループ
5、学級文庫を管理するグループ　　6、衛生の世話をするグループ
7、教室全体、また各人の整頓を管理するグループ
8、教室と校庭の温度を調べるグループ
9、学級行事の計画実行の中心になるグループ
10、教室や廊下に穴でもあったらすぐ修理するグループ

これらのグループの実例を見ていて面白いと思ったのは、1から4までのところです。わたしが昔作文教師であった頃、作文を興味ふかくやって力がぐんぐんあがるようにと、いろいろの形をとりまぜ、いわば立体的にやったことがありますが、ここでは新聞が二種、文集が二種ありますね。教師はさほど時間と労力をかけないで、しかも効果のあがる方法は、工夫すればいくらでもあることでしょう。

それから、例として記された生徒の日記の中に「書き写し本」というのが出てくるのですがおもしろく感じました。それは、教師が毎日うちへ帰る前に、教室の黒板に誰かの詩とか文とか、そういったものを書いておく。生徒はあくる朝来るとすぐそれを帳面にうつす。こうして長い間に一冊の本となってまとまるというもののようです。

無着さんは二十何歳でしょうか。ともかくまだ若い人です。あのぼーっとしていて、しかもひたむきな性格、山びこ学校から出発した彼の将来の成長と活躍を期待しないではおられません。

※「雑誌『教育』に掲載されたものを短くまとめての紹介」と書いている。

「教師ひとりひとりは、年度の初めにあたって、どう生徒を育てていくか、効果の上がる方法を工夫していくことだ」と、無着さんのものを紹介しながら、年度初めにあたって職員を激励しているように読める。

現在の若い教師の多くは、学校内で、周りの同僚に聞くこともできず悩んでいるという話をよく聞く。教師という仕事はだれでも最後の最後まで「悩みをかかえたままの毎日」というのがほとんどという職業と言っていいだろう。若い教師がそれを校内で口にできないのはなぜかわからないが、三島のような働きかけをする校長がいたら、どんなに元気が出ることだろうと思う。

■第二号（1957年5月17日発行）

次の文や詩は、「中学生の新しい道徳」という副題の、『正しい生き方』という本から抜いたものです。東京教育大の石三次郎、小山文太郎両氏の編です。別にこれを生徒によんできかせて下さいというわけではありませんが、こういった短いものは毎日の十分の学級会の時間などにも利用できると思います。

正しい愛国心

「なんだ、なんだ。」「どうしたんだ。どうしたんだ。」口々に叫びながら、バスティーユの広場のほうへ人々がとんで行きました。じりじりと照りつける広い往来には、たちまち黒やまの人だかりができてしまいました。

人がきの中には、荷物を山のように積んだ荷馬車が動かず突っ立っていました。しかし、みんなが駆けつけたのは、もちろん、荷馬車がめずらしいからではありません。荷馬車をひいてきた馬が、おなかを見せたまま道ばたに倒れてしまったからです。そのおなかにあぶら汗がいっぱいにじんで、黄色く光っていました。馬は、暑さで疲れているところへ、舗道に水がまいてあったために、ひずめをすべらせてころんだのです。

御者はいうまでもなく、そこに集まった人たちも、なんとかして馬を立たせてやろうと、いろいろ骨を折りました。

馬もいっしょうけんめいに立ちあがろうともがきました。しかし、鉄のひずめがつるつると舗道の表面をななめにこするばかりで、なんとしても立ちあがることはできませんでした。そのうちに馬のおなかは次第に激しく波をうちはじめました。

困りきった御者は手のつけようがないという顔で、馬の腹を見おろしながら、ため息をついていました。その時、あまり背の高くないひとりの紳士が、人がきの中からつかつかと出てきました。彼はいきなり自分のうわぎをぬいで、それを馬の足の下へしきました。それから、右の手でたてがみをつかみ、左手で馬のたづなをにぎりました。

「それ!」

彼はからだに似あわぬ大きなかけごえをかけました。それははっきりと日本語でした。

馬はぶるっと胴ぶるいをして、ひと息に立ちあがりました。うわぎですべりが止めてあったために、前足に十分力がはいったのです。

見物のなかには、思わず感嘆の声をもらす人もありました。

御者はよろこんで、いくたびか、その紳士にお礼をいいました。

だが、紳士は「ノン・ノン」と軽く答えながら、手ばやくうわぎを拾いあげました。そして、どろをはらってそれを着ると、なんとか話したがる人々のあいだをわけて、どこかへ行ってしまいました。

このできごとはすぐにパリの新聞に出ました。いや、それはフランスだけではありません。イギリスの新聞イブニング・スタンダードにまで掲載されました。一九二二年六月二十日の新聞です。それればかりではありません。イギリスで出版された本の中にも「日本人と馬」という題でのせられています。

この人の名前は今もわかりません。しかし、こういう人がいることによって、日本人というものがどれだけ海外の人に理解されることか、はかり知れないものがあると思います。名前も職業もわかりませんが、こういう人こそ、駐仏大使、駐英大使にもおとらない、りっぱな国民大使です。

〈文の内容と、「正しい愛国心」という題とはそぐわないようですが、ちょっと面白い話だと思ったので書いてみました。〉

※三島は、通信二号になぜ「正しい愛国心」を取りあげたのだろうか。その理由は「まえがき」の後半部の「こういった短いものは毎日の十分の学級会の時間などにも利用できると思います」とあることからその意図は読みとれるように思う。

一九五一年に文部省は「道徳教育のための手引き書要綱」を作成、各教科その他の指導を充実させることで道徳教育を達成させるとしていたものを、一九五八年から小中学校に道徳の時間を特設させることにした。

この通信が書かれた、その前年の五月には、一年後から導入される「特設道徳」についての論議はあったわけで、このまえがきは、(「時間特設なし」でもこのようなことは十分やれるのではないか)という、特設論議のなかでの「職員への工夫の働きかけ」の意図があったのではないか。

そしてもうひとつは、最後に付している「文の内容と『正しい愛国心』という題とはそぐわないようですが……」は、さりげない文だが、安易にこんなことばを使ってはいけないという職員への三島の心遣いも含まれるように読んだ。

■第三号（1957年5月23日発行）

※この号の「まえがき」には、「これは岩波新書『一日一言』からとったものです。本校

の教育と関係が深いと思われるものをえらんだのですが、題は私が適宜つけたのです。なお『一日一言』は岩波新書青版262、定価130円。編者は桑原武夫」とある。

本文は略すが、取りあげている「一日一言」は、「福沢諭吉の福翁自伝」・「ジェファーソンのアメリカ独立宣言」・「正岡子規の病牀六尺」・「コールリッジの詩」・「バーナードショウのエッセー」であり、それぞれに三島が、褒賞・民主政治・青年の力・自由・余暇のタイトルをつけている。

それぞれを読んでみると、単なる三島の「読書のすすめ」ではなさそうだ。ちなみに「褒賞」と名づけた福沢の文は次のようなものだ。

政府から、君が国家に尽くした功労をほめるようにしなければならぬというから、私は自分の説を主張して、「ほめるのほめられるのと全体ソリャ何の事だ。人間が人間当たり前の仕事をしているに何も不思議はない。車屋は車をひき、豆腐屋は豆腐をこしらえて、書生は書を読む、というのは人間当たり前の仕事をしているのを政府がほめるというなら、まず隣の豆腐屋からほめてもらわねばならぬ、ソンナ事は一切よしなさい。」といって断ったことがある。

どの世界にも「褒賞」制度があるが、三島はそれについての自分の考えを暗に伝えたかったのであろうし、職員にも考えてみてほしいという願いもあったのではないかと考えるのは読み過ぎだろうか。

■第四号（1957年5月30日発行）

「校長は、校務を掌り……、教諭は生徒の教育を掌る。」これは、学校教育法第二十八条のことばです。校長が校務を掌るというとき、教諭の人々が、最も教育の効果をあげ易いような環境をつくることはその最も大きい任務でしょう。教育委員会も地方公共団体も、文部省も国も、教育の場をよくすることが、その大切な任務でしょうし、これらは教育を高めるための、国民の福祉をますためのサービス機関であるはずです。

ところが、ここ数年来の実態はどうでしょう。教師が教師としての仕事をすすめる上に一番必要なのは、自由の雰囲気ですが、文部省や教育委員会は、学校における、又は社会における自由の雰囲気をますために知恵を絞っているでしょうか。

実際は全くその反対です。今日の校長は、文部省や教育委員会の趣旨を受けて、安心して教師とともに校務に没頭してはいられません。学校の自由をますために骨折るべき文部省や教育委員会が、反対に自由を奪うために憂身をやつしているとするならば、校長はおのずから防波堤となって教師を守らねばなりません。自ら防波堤となって教師と教育を守るために私も微力をつくしてきました。しかし外からの荒波は日に日に高まってきています。小さな防波堤のよく防ぎうるところではありません。今や校長も教諭も、そして父母も、一体となって絶対壊れぬ防波堤、子供だけは守りとおせる防波堤とならねばならぬ段階かと思います。


時事通信　内外教育版　五月二十八日号より
『勤務評定の試案要項　文部省　今秋実施を目標に検討本格化』

近県の教委に文部省試案要項を示して検討させる。

都道府県教育長協議会の人事関係部会（こんな部会ができている！）にも要項を示す。

七月十日からの、教委事務局職員研修会でも重要な人事行政資料として提示する。

こういった準備過程の中に、民主的な手続きという体裁をととのえながら、教育委員会を自家薬籠中にひき込むと同時に、事前宣伝をねらうという意図があると見るのはひが目でしょうか。


ところで早速その方法内容を見ましょう。
一、評定の対象を、校長、教頭、教諭、助教諭、養護教諭、養護助教諭、事務職員にわけ、
第一次評定を　校長、教頭が行い、（校長のばあいは市町村教委）
第二次評定を　市町村教委が、そして、
第三次評定を　県教委が行う。

二、評定の内容は、たとえば、

教諭については、

①計画性（教科課程の編成などの状況）

②実際の授業の実施成績

③書類処理（事務書類、指導要録などの記載状況）

④児童生徒の家庭との連絡（特定の家庭に偏していないか、十分行っているかなど）

⑤校務処理実績

養護教諭については

①生徒に対し愛情をもって接しているか

②技術はどうか

③知識は十分か

④指導はよく行っているか

これらの内容によって年間の勤務実績評定を行うほか、別に、教職員の能力・性格などについて、いわゆる人物評定も行い、両者をあわせて総合評価を行うものとしようという計画なのだそうです。

これまでも、昇給ストップの資料にするからといって、校長はたびたび皆さんの評価を出すように要請されました。そして、これまでは、私もその都度ことわってきました。

※「内外教育」もほとんど読んでおらず、世の動きに敏感でない多くの教師にとっては、今になって、そのときの「案」とは言え、「評定の内容」なるものを初めて見たような気がする。

「今日の校長は、文部省や教育委員会の趣旨を受けて、安心して教師とともに校務に没頭してはいられません。学校の自由をますために骨折るべき文部省や教育委員会が、反対に自由を奪うために憂身をやつしているとするならば、校長はおのずから防波堤となって教師を守らねばなりません。」と三島は言う。

他の校長はどうしていたのだろうか。「内外教育」はだれでも読むことができるので、「知らない」ということは不勉強ということになるのだが、「学校の自由を守るために……校長は防波堤にならなければなりません」と自分たち向けの通信で言われるならば、一般には「私たちも……」と学校全体に力が盛り上がってくるだろうと想像される。じわじわと押し寄せてくる勤務評定に三島は早くから大きな危機感をもっていたのだ。

■**第五号**（1957年6月18日発行）

※この号の「まえがき」は、

「謄写版の場合、書きまちがいに気がつけば、修正液という便利なものがありますが、それでも、ともすると、不注意の誤字がのこります。仕事の上の誤字誤植、人世のミスプリントはどうしたらよいでしょうか」と書き出し、「最近、私は誤植ということに興味を覚え、特に文筆家を対象にしてアンケートを出してみました。次にのせるのは、返事を下さったものの一部です。」と結び、本多顕彰・江口喚・壺井栄・荒正人・飯沢匡・池田弥三郎・川口篤の七氏からの返事を列記している。

さまざまな分野の知名人の名が並んでいるのに驚く。

三島は相当な読書家であったようだ。そしてまた優れた教養人とも言える人であったのだ。北海道でもそうだったようだが、白石でも「市民のためにと生徒のためにこの人の力を」と考えると、迷うことなく真正面から依頼し動かしている。

この文筆家へのアンケートも通信へは七人の方からの返事を並べているが、実際は何人の方に依頼したのだろうか……。

■**第六号**（1957年7月3日発行）

御無沙汰いたしました。近江昭三氏あたりの無言の鞭撻にはげまされて、しばらくぶりに筆をとりました。

今年の二月頃でしたか、ある新聞から、「私の教壇生活」という題でたのまれて書いたものです。さすがにちょいとおしょしい気もするのですが、読んでいただければうれしいです。

私の教壇生活

〈鳶一羽〉——（前出24ページ）

〈若桜隊〉——（前出26ページ）

〈五十五歳〉

五十五歳ということばを、白石に来てからこの四年間に何度きいたことだろう。北海道にいた頃はついぞ聞いたことのないことばである。三月十二日はわたしの誕生日だが、子供の頃のこの日は、赤ごはんの日であり、ゴムマリを買ってもらう日であった。そのたのしい誕生日があと三回まわって来ると、五十五歳は、わたしにとって単なることばでなくて、そのものズバリということになる。だからこれからあとの三年間は、精一ぱいの力をふりしぼって、存分に働き抜こうという意欲が、わたしの体内からウツボツとみなぎりいで……ハテサテ。

■**第七号**（1957年7月30日発行）

※「まえがき」には、

「……夏休み中に催される各種研究会・講習会等で今わかっているものについて、その概略をお知らせします。お知らせがおそくなって間に合わないものもあります。あしからず。」

とあり、日本作文の会主催「第六回作文教育研究大会」以下各種研究会一覧になっている。しかも、この一覧には、内容・期日・会場・締切・会費・申込先まで書き込んである。校長が、夏休み中の主として民間教育研究団体主催の全国研究集会案内一覧を作成して職員に配るなどという例は他にあるのだろうか。三島は「お知らせします」とは言っても、決して「参加してみるように」などとは言っていない。

■第八号（1957年8月21日発行）

今日はテストです。括弧のなかに○×をつけて下さい。但し、出題者の意図をおしはかり、これにそうように○×をつけてみていただきたいのです。たとえば、日教組の出した問題について、日教組は○のつもりであっても、文部省はこれを×にするかもしれません。答の欄の○×は、出題者が各自つけたものです。（一問五点、満点一〇〇点）

学校における体罰について

●河童通信社の記者出題（昭和32・8・21）（4問）
1、校長及び教員は、教育上必要があると認めるときは、監督庁の定めるところにより、学生、生徒及び児童に懲戒を加えることができる。但し体罰を加えることはできない。——以上は学校教育法第十一条の条文である。（　）
2、市町立学校の監督庁は、文部省、都道府県教委及び市町村教委である。（　）
3、白石市教育委員会は、懲戒についてその定めを作っている。（　）
4、学校教育法で「懲戒を加えることができる」と言っているのは、特に禁止はしないという程度の消極的な規定であって、積極的な奨励規定ではない。（　）
●法務庁法務調査意見長官出題（昭和23・12・22）（9問）
●文部省出題（昭和32・7・16）（2問）
●日教組出題（昭和32・7・16）（5問）

※二例目からの問題は略す。

※四十年ほど前になる一九七八年十月四日の朝日新聞「天声人語」に三島の名が見つかった（前出41ページ）。「河童通信」八号は、体罰を考え合うために作った号だと思うが、この「天声人語」を読むと、北海道以来一貫して変わらない三島の考えがわかり、勝手な想像

になるが、この号をもとに職員一同で考え合いたいという三島の強い意図を感じる。

■第九号（１９５７年8月28日発行）

修身科復活の話がまたまた盛んになってきました。国民の中には多数の支持者があるときます。勿論反対の人も少なくないようです。ところで、われら公務員、殊に教育公務員としては、いかなる態度を持つべきでしょうか。反対とか批判とかはもってのほかのことではないでしょうか。むしろ積極的に協力すべきではないでしょうか。文部大臣はじめ文部省の方で今悩んでいるのは、修身科教科書の内容なのだと察したある模範的な教育公務員が、政府に積極的に協力するため、これなら、いかに反対をとなえている所謂進歩主義者たちといえども文句はなかろうと思われるような案を発表しました。

復活修身科教科書

第一課　博愛

すべて人は、広く愛する心が大切です。

昔、ナイチンゲールは、敵味方の区別なく、傷ついた人を看護しました。戦後、日本のある女性たちは、遠く異国へまで来た外国の兵士に、きのうまでの敵ということをいち早く忘れ、自分たちの肉体を捧げてその旅情を慰めました。

昭和三十二年八月、時の多数党、自民党が、世の中から白眼視されている気の毒な売春業者たちに対して発揮した博愛の精神こそは、まことに国民の模範とすべきものでありました。売春防止法が成立したのは前年のことであり、二年間の余裕をおいた昭和三十三年四月からは刑罰規定が施行されることになっていました。

売春業者たちは、転業するにも資金がなく、大変困ったことだと思っていました。しかも、一方では職のない不幸な多くの女性を救い、他方では熱心な多数の男性の要望にこたえ、その他、限りない奉仕を行うところの事業を抑えるような悪法は、何とかしてもらいたいと、いろいろ政治家に働きかけていました。

すると、これらの業者が気の毒になった自民党では、早速、「風紀衛生対策特別委員会」を作り、

――売春防止法は再検討を要する。とりあえず、刑罰規定の実施を延期する。売春業者資金提供者に対する処罰をゆるめる。――という結論を出しました。

売春業者達はさぞ自民党の恩情に感泣したことでしょう。そしてますます自民党を支持するでしょう。

しかし、このようなことから、労働者層や婦人層は却ってますます自民党を離れるかもしれません。けれども、たとえ自分たちに不利な点があると思っても、広く人を愛し人のため

につくすのが本当の博愛です。

わたくしたちも、この自民党の博愛の精神をしっかりと学びましょう。

※第二課「友愛」は略す。敗戦の年の十二月、公民教育刷新委員会の修身廃止答申、そして社会科発足により修身は完全に姿を消したのだが、早くもその五年後、修身復活論が出て、天野文相が修身復活の必要を表明する。翌年、教育課程審議会が名を変えて「道徳教育充実」を答申、「道徳手引要綱」がつくられ、あらゆる機会に指導すべきであるとされるようになった。それが「特設道徳」の名で教育課程に登場したのが一九五八年。この通信はその前年になる。

「まえがき」の結びの「……文部大臣はじめ文部省の方で今悩んでいるのは、修身科教科書の内容なのだと察したある模範的な教育公務員が、政府に積極的に協力するため、これなら、いかに反対をとなえている所謂進歩主義者たちといえども文句はなかろうと思われるような案を発表しました。」の三島の意は何になるのだろう。また、その中にある「修身科教科書の内容なのだと察したある模範的な教育公務員」は誰なのだろう。異議を言ってくる職員を待っている三島の姿が浮かんでくるのだが……。

■第十号（1957年8月31日発行）

「復活修身教科書」に対する反響はなかなか盛んなものがありました。非難の声もあるにはありましたが、賞讃の声が圧倒的です。ただ、文部省では検定に当たって相当苦労したそうです。あまりに特定の政党をほめすぎているというのが問題になったのです。しかも慎重なる検討の末「合格」ときまりました。というのは、この教科書の著者が故意に他の政党や他の方面の話をとりあげなかったのではなく、日本には、この本に話されたような高い道徳の実践例が、他にはないということが分かったからです。

第三課　忠義

敗戦の日まで、日本人はだれもみな忠義の心を持っていました。たとえあいにく持ちあわせのない場合でも、少なくとも持っているふうは忘れませんでした。忠義というのは、――天皇陛下（現人神または現御神）の御為めに死ぬ――ということです。敗戦後は、基本的人権などということが言われ出し、日本人の最高道徳である忠義がシャボン玉のように消えてしまったことを皆さんは悲しいと思いませんか。この世界に誇るべきものであった忠義の心、即ち天皇陛下の御為めに死ぬという心の復活、それは残念ながら一朝一夕ではできないでしょう。そこで、われわれは、自分の直接の上の人（人間社会には秩序があります）のために、心を砕いて尽くすことからはじめましょう。

昭和三十二年七月の西九州の水害では、何百人という人が死に、何万人という人が家や田畑を失いました。このニュースが世界に伝わると、各方面から救援物資が届けられましたが、エチオピアの皇帝からも、天皇陛下にあてて、お見舞いとして五千ポンドのお金が送られました。

八月になって、かしこくも天皇陛下から、このお金をお受けした政府では、さっそくこれを毛布にかえて気の毒な人々に配ることにきめました。その時です。内閣官房のある忠義な人が、自分の使える主人である岸首相のために、すばらしいことを考えました。それは、せっかく毛布を配るのだから、この毛布に「岸信介」の名を入れたら、もらった人も有り難がるだろうし、岸首相の名声も高まるであろうということであったのです。

ところが残念なことに、この立派な企てが事前に外部にもれたため、世論の反対にあい、遂に中止になったのでした。せっかくの忠義の心が、そのまま生きなかったことは惜しいことですが、私たちはしっかりとこのような忠義の心を学び、あらゆる機会に、上の人のために尽くすように心がけようではありませんか。

※第四課「倹約」は略す。河童通信九号「復活修身教科書」は、職員室をもりあげたのだろうか、三島は、十号も第三課「忠義」、第四課「倹約」とつづける。職員にうけたこと

によほど気をよくしたのだろう。三島にしてはめずらしく調子にのっている感じだ。このような面を見せられる職員も気が楽になるだろう。

■第十一号（1957年10月22日発行）

※「あちこちの入社試験に出た読み書き能力の問題を集めてみました。ここに記すような問題が大変結構なものであるか、それとも、感服できないものであるかなどについては御意見があるでしょう。しかし、今日、このような問題が入社試験に出題されているというのが現実です。生徒たちが、当用漢字表の漢字が全部正しく読め、当用漢字別表の字（所謂教育漢字）が尽く立派に書け、そして現代仮名遣いが十分に使いこなせたとしても。従って学校のテストでは満点を取ったとしても、それだけでは、生徒の生きてゆく日本の社会は承知しません。

現実の社会への適応のみが教育の目標でないことは勿論ですが、当用漢字、現代仮名遣いの押しつけによって国字問題の解決をもくろんでいるような一部の理想主義者の犠牲に、生徒を供することはできません。漢字は少しで間にあえばその方がよい。ことばは簡単なもので用が足せればこれに越したことはない。しかし、現実の社会がそうなっていない限り、損をするのは生徒です。われわれ教育者は、生徒を手段として社会改良を考えてはならぬ、われらの第一の任務は、この社会の中で生きぬいて行ける力を生徒につけることではないでしょうか。」

この「まえがき』の後に、入社試験問題（読み書き能力の部）として、大丸百貨店・千代田生命・日本麦酒・NHK・読売新聞社の問題を列記している。それぞれの問題は略す。

当時は、中学校卒業での就職者は少なくなかった。これらの生徒に、希望の職種、希望の職場にスムーズに行けるような力を職員全員でつけてやりたいものだという三島の職員に対する強いメッセージと読んだが、まちがっているだろうか。

■第十二号（1957年11月1日発行）

※「まえがき」は、

「文部省が教育の大改革を計画していることは御承知の通りですが、その一つに、中学校も小学校同様、一人で全教科を教える。所謂学級担任制にしようという計画があります。このテストはその時のための用意です。採点は隣の人と交換してやり、裏の表《ひょう》に折線グラフを作って下さい。十点一直線の人の氏名は文部大臣に報告することになっています。

（1問2点）」

とあり、その後に、国語・社会・数学・理科・音楽・図工・保体・職業・家庭・英語の十教科の問題が並んでいる。まえがき最後の「十点一直線の人の氏名は文部大臣に報告することになっています。」は三島流の書き方でおもしろい。問題は略す。

■第十三号（1957年11月6日発行）

勤務評定

今日は、この問題について。

河童通信　第4号（5月30日号）を覚えていてくださるでしょうか。

今から五ヶ月あまり前、私がこの事について皆さんに通信を送った時、今日の状況を予想していたわけではありませんが、第4号で言った防波堤の構築、それを日教組は、勤務評定阻止という形で努力しているわけですね。

これは、しかし大変なことです。国や地方公共団体の行政機関が、法の実施としてやろうということに反対してやめさせようというのですから。

本当に大変なことです。日教組が大きいからといって、その資金が豊かだからといって、そんなことで甘い考えでいたらとんでもないことだと思います。

私たちは、反対の運動は反対の運動として、必ずその目的を貫徹するように、あくまでもつとめなければならないでしょうが、この問題の動きに伴って、いたずらな有形無形の影響を蒙ることは、またまっぴらごめんです。

南極観測のことや、国連のことや、シリヤのことなどと違って、この勤務評定の問題こそは、私たち自身の問題であり、生徒たちの問題であります。ですから、全く一刻も安閑とはできません。

政府では、九月初旬の閣議に官房長官が提案して方針を決定しています。勤務評定というようなことを閣議で決めるというのは全く異例のことです。何故こんな異例のことが行われたか。

文部大臣はむしろこのために苦しい立場に立たされているともいわれています。参院文教委で安部、湯山、矢嶋参議員と文相との間にとりかわされた次の問答の中にもその辺のことがおしはかられるではありませんか。

安部氏「文相は非常にむつかしい問題だから検討中だと言っていたが、その結果は出たか。」

文相「まだこれぞという案が出ていない。もともとこれは文部省が主体ではなく地方の教委がやるべきことで、私の方はただ参考資料をつくるということで研究しているだけだ。」

湯山氏「愛媛県の勤務評定問題についてはどう思うか。」

文相「あれについて、やるのはけしからんという手紙もくれば、あれをやったので非常にすっきりしたという人もあり、正直のところどちらにも軍配をあげかねる。」
湯山氏「長い間検討してもできない問題だったとすると、これは法に欠陥があるのではないか。」
文相「法律に欠陥があるとは思わない。なかなかむずかしいので慎重にやっているわけだ。」
矢嶋氏「文部省は地方に指導助言の責任があるから急ぐというが、県によっては自主的にやっているところがあるし、やる必要はないという県もある。この際、文部省が微に入り細をうがった案を示すのは行き過ぎだ。指導するにしても大まかな指導をすべきだ。」
文相「大まかに流して地方の自主性にまかせるというが、細かいところまで指導した方がよいという説もある。それを研究している。」

つい、うっかりしておしゃべりが過ぎました。実はこの問題の動きの過程におけるわれらの態度について、一寸感想を述べたかったのです。宮教組も熱心で、度々情報を流してくれていますが、宮教組191号の漫画をごらんになったでしょう。いかがでしたか。私は一目見た瞬間思わずカッとなりました。そして、次のような抗議書を出したらどうかと思っているのです。

抗議書（宮教組　佐藤委員長宛）

宮教第191号の漫画について

宮教第191号の漫画の中、「素行」「二重人格形成」「応待」「勤務評定余聞」「チョウチン学校の幻想」「外観態度」「反省力」「学習指導」の八つの漫画は、或る教職員を甚だしく侮辱するものである。我らは、たとえいかなる勤務評定が行われようとも、それによって、教育者としての自由、良心を失うものでもなく、教育者としてのプライドある生活態度を崩すものでもない。

もし、これが、不見識な一般人の手になるものならば、我らはあるいは一笑に付して看過するかもしれぬ。しかしながら、我らの委員長佐藤惣治氏の名によってかかる甚だしき侮辱を加えられることは、我らの一刻を忍ぶ能わざるところである。

われらは、これに対して厳重に抗議し、速やかなる善処を要求する。

※この「抗議書」は実際に県教職員組合に届けられたかどうかはわからない。三島は、白石中分会で議論され支部にそれが広がってほしいという願いで職員に問題提起したのであろう。三島自身が書いているように、勤務評定について通信で取りあげるのは第四号につ

づいて二度目である。四号では「これまでも、昇級ストップの資料にするからといって、校長はたびたび皆さんの評価表を出すよう要請されました。そして、これまでは、私もその都度ことわってきました。」と結んでいたが、この十三号の時点では三島自身のなかに相当の危機感がふくらんできていたのではないかと推測される。もしかすると、教職員組合の動きもまた三島のもつ危機意識との距離があり、そのことが三島にとっての危惧であったのかもしれない。

そんな三島の願いに応えての職員の中での論議は果たしてもりあがったのだったろうか。この号では勤務評定に関する三島の考え方が明確に出され、この後も一貫して変わることがなかった。それがその後の自分自身のの異動に結びついてくることなど考えてもいなかったであろうが。

■**第十四号**（1958年2月5日発行）

謹賀新年
寒もあけてしまいましたが、実はこれが一九五八年の第一号なので。
本年も相かわらずよろしくお願いいたします。

一年五組です。社会科の教科書「日本の課題・国土の開発」の十七頁から三十頁の間で、百ことば、特に社会科的なものを選んで、ふりがなをつけるテストをしました。ここに差し上げるのは、その問題とテスト結果の概況です。（これは既習のところです。）

第１表

100	○○	96 110	
	×××	100 80 80	
5	○○○		
	×××		
90	○○○○○		37人
	××××××××		69%
5	○○○○○○		
	××		
80	○○		
	××		
5	○○○		73・9
	×		（平均）
70	○	100	
	×	81	
5	○	101	
60	○	94	
5	○	103	
	×	81	
50			
	×	103	
5			
	×	81	
40	○	93	17人
	×	95	31%
30	○	88	
5			
20	○	95	
5	○	88	
10			
	×	62	
5			
0			

生徒数54人（男29、女25）。○印は男　×印は女。○×の右側の数字はIQ。

ためしに答を書いてご覧になれば、問題がいかにやさしいものであるかはお分かりになると思いますが、ご覧のとおり、平均点はわずかに七十三・九でした。

ところが、ところが　です。

平均以上の得点者数は七割、以下の数が三割という事実があらわれたのです。

平均以上の三十七人の得点平均が八十七であるに対し、平均以下の十七人のそれはわずかに四十五でした。

この事実については右の表をもう一度ご覧下さい。平均以下の十七人の成績がいかに劣っていることか！

第２表

問題	誤答者数	その率	誤答例
農地改革	22人	41%	のうちこうさく
水田稲作	14人	26%	すいたのうさく
地主	13人	24%	ちしゅう
農林省	12人	22%	のうさんせい
労働	11人	20%	どうぎ
和歌山県	9人	17%	しょうざんけん
会社	9人	17%	しゃかい
権利	8人	15%	りよう
電源開発	7人	13%	はつでんしょう
歴史	6人	11%	せきひ

第３表

問題	誤答者数	その率	誤答例
渓谷	51人	94%	けいや
干潟	48人	89%	かんがた
野洲川	46人	85%	のしゅうがわ

第４表

問題	誤答者数	その率	誤答例
原因	14人		げんだい
田畑	13人		たはたけ
政府	5人		ばくふ
人口	3人		へりがき
平野	3人		へいの

す。

第2表は、百の社会科的ことばの中でも特に社会科的と思われるもの十を選んでみたのです。

「労働」の読めない者が二〇%もいる。「和歌山県」や「会社」が九人も、さらに「地主」が二四%も、そして「歴史」でさえが六人もいる。驚かないでください。これは現実なのですから。

第3表は、誤答者のもっとも多かった問題を三つ選びました。「渓谷」のできたもの、五十四人中三人です。

第4表は、『まさかこれはできないものは一人もいないだろう』と思われるもの六つをぬいてみたのですが、事実はこの通りでした。

●以上、結果の概況を述べたわけですが、ここまでは、実は前置きで、本論はこれからなのです。本論に入ろうとした時、残念ながら余白がなくなりかけました。やむを得ませんから、その骨子だけを記します。詳細は又の機会にゆずります。

●本論

一、思想はことばによって形づくられる。日本語の大部分は文字を抜きにしては成り立たない。たとえば、Seikō と発音だけでその中味が分かりますか。文字を知らぬ時、その人はその文字のあらわすことばを確かに持っているとは言えない。ことばを確実に持たないとき、その人の思想はいかに貧弱であらねばならぬことか。

二、昭和二十一年以来の漢字制限は、民族文化の推進をねらったはず。だが結果はどうか。国民の中に、(いや教師の中にも!)漢字を、文字全般を軽んずる風潮を起こし、そして日本語を曖昧にし貧弱にし、その結果、日本の文化を混乱、衰退に導く状態を今日生じていないとあなたは断言できるか。

※この号はめずらしくテスト結果の報告で終わらず、最後に「本論」と称して自分の主張を明示している。

この号を読んですぐ、三島が白石中二年目に導入し、生徒の反対にあってその年度中に廃止した「能力別学級編制」を思った。その時は数学と英語をもとに二クラスだったが、教科は違っても三島は「能力別学級編制」に何を願っていたかをはっきりと知ることができた。

この漢字の読みのテストは、三島が補欠授業時に行ったものであろう。とはいえ、事前に考え、テスト用紙も準備しておいたものだろう。「一年五組です」と書いているが、この組でなくても、一年生ならどの組でもよかったはずだ。その結果も予想してのテストであったと思う。

この結果の分析にも驚いた。見事である。社会科教科書の漢字の読みについてであるが、三島はすべての教科について、すべての教師になすべき事は何かを、鋭くつきつけている。第4表などまで示されれば、まさに職員のすべては教師失格を宣言された思いではなかったか。これをとても子どものせいと言うことはできないはずだから。また、国語教育の責任であるとも言い切れるものでもないだろうし……。

職員には相当厳しい「河童通信」ではなかったか。

■**第十五号**（1958年2月21日発行）

※「まえがき」は、「次にかかげる作文は、社会福祉法人中央共同募金会で行った『第五回たすけあいコンクール（昭和32年度）』の応募作品一万五千二十篇中、地方審査でえらばれた二百十篇の中から、更に中央審査で選び出した優秀作五篇の中の一篇です。」

その後に審査員名八名列記してあり、作品「父のように」（堀野妙子・宮城県沼辺中三年生）全文が紹介（審査員名と作品は略）。

■**第十六号**（1958年3月4日発行）

我国数学界の権威、小倉金之助氏が、昭和三十一年十月号の『数学教室』誌上に発表した評論、「日本の数学的独創力」の抜粋を今日は紹介します。

みなさん、大層御多忙の中ですが、これは是非目を通して下さい。

日本人の数学的独創力

小倉金之助

ちかごろ私は日本人の豊かな独創性について感じている。その一つは、高原平四郎氏の研究であるが氏は、数年間の苦心の結果、極めて簡単な二次式の変形から、実用価値の非常に高い発明を成し遂げた

次は小田堅次氏の研究である。小田氏は高原氏と類似の研究を行ったものであるが、更に別方面への適用にうつっている。

ところが九月一日に加賀谷勇雄氏からの原稿が届いた。それは氏が、私の「近代日本の数学」を読んで、高原氏以外の原則の発見に努力された結果として見出された原則であるが、それを整理すると、結局グレーシャーの三角数原則に帰着するのである。加賀谷氏は、全く独自の興味ある方法で、グレーシャーの原則を再発見されたのである。

このようにして、高原氏の研究が伝えられてから、小田、加賀谷の二氏によって、一年足らずの間に引きつづいて、ちょうど連鎖反応のように再発見が行われたのである。私は幸いにもこれらの研究の中継者となったので、かなりその実情を知ることができた。高原、小田、

加賀谷の三氏は、何といっても数学の専門家と見るべき人たちではないし、又数学教師としての教養を受けた人たちでもないのである。しかも、「加減法のみによる掛け算」というラプラースの課題に対して、今日知られている殆ど全部の実際的方法が、数学の専門家でないこれら三人の日本人によって、わずか数年の間に再発見されたのである。

こういう事実こそ、日本人の数学的独創力の豊かなことを証明する一例ではないだろうか。ところが、今日の数学界や数学教育界では、このような創意性が正しく評価されてもいないし、十分生かされてもいない。まことに残念なことである。

［備考］

○加賀谷氏の研究「三角数を使って加減法だけで掛け算を行うグレーシャー公式の証明は、この評論と同じく『数学教室』二十号、一九五六年十月号に載っています。

○更に、『数学教室』三十六号、一九五八年一月号には、白石中学校一年一組加賀谷研君の「対角線の研究」が載っています。ちょっと編集後記をのぞいてみましょう。

「加賀谷研君というのは、前に何回か本誌に載った加賀谷勇雄氏の坊ちゃんです。お父さんと一緒に原稿をお送り下さったのですが、お子さんの方がおもしろかったのでそれを載せました。」と書いてありました。

次に、これは号を改めて紹介しようと思っていましたが、余白ができましたのでここに記します

地域小集団の育て方　　丸岡秀子［『教育展望』２月号］

「父母と教師の結びつき」も、地域のふだんの生活の中に根づいて、持続的な力になりはじめています。そして、それがつくられていく過程は多種多様で、しかも決してなまやさしいものではありません。

とっつきは地域にいくつかの集まりができることに成功しても、半年、一年たつ中に消えてしまうものもあります。そんな中で、そういう行きづまりをどう打開するかという問題を提起したレポートが、こんどの第七次教育研究全国集会に、宮城県白石中学校の佐久間幸子氏から出ています。

こういうテーマのレポートは、これまでの全国集会であまりみられなかっただけに貴重なものであり、またそれだけ地域での小集団が一般化し、かつそれ自体の歴史を持ち始めていると言えるのではないでしょうか。

まず、アンケートを出し、それも返ってきたものを見るだけでなく、返ってこないものは、それを訪ねて回答を聞くという熱心な方法がとられています。また、このレポートの中で特に注目に値するのは、話題を子どもだけに限定しないで、家庭の事情や母親自身のことも話

し合い、更に、何かみんなの生活実践と結びつくことを考え創造していこうとしているグループは発展しているという事実です。更に、母親の歩みも、女教師の歩みも同じだということ、母親同士、横の連絡が必要なら女教師も同様、横の連絡が必要だということ、母親に勉強の必要があれば女教師も同様だし、女教師に「家の都合」があれば、女親はもっと深刻な事情の中にいることを知るのが必要だと結論づけています。(後略)

※三島の紹介している、小倉金之助さんの論文に載っている加賀谷勇雄は白石中学校の数学教師であり、丸岡秀子さんの文に登場している佐久間幸子もまた白石中学校の教師である。読書家である三島の一端を見せられるが、『数学教室』『教育展望』も読者は限られているだろうし、これらに限らず他の図書も同様のことが言え、同僚の学校外の活動を知らずにすごすのが多くの場合普通だろう。それを職員に知らそうというのが、この号の三島のねらいであったと思う。それはもちろん当人の大きな励ましにもなる。

三島の読書の幅広さにも驚くが、職員の動きを見聞きして掬いだし、それを職員全体につたえようと意図する校長としての三島の在り方もまた他に殆ど例がないように思う。

しかも、加賀谷勇雄の報告は二年前に出されている「数学教室」に入っているもので、教職員録によれば、加賀谷は本年度の異動で白石中職員になっている。

『数学教室』編集後記にある〝加賀谷さんの坊ちゃん〟のことまで見つけ出して紹介し

ている。加賀谷研君の「対角線の研究」はこの年の一月号に掲載されている。このように取りあげることは事実をそのまま知らせることで、加賀谷親子・担任に対する何よりの励ましになるであろう。それは佐久間の場合も同様のことが言える。このようなことまで目配りして見逃すことなく取りあげて紹介する三島の心遣いは優れた学校のリーダーと言えるであろう。

同僚職員にどのような方法で伝えるかは意外に難しいことを考えると、「河童通信」は、この上ない有効な役割を果たしていたと言えそうだ。

■第十七号（1958年3月10日発行）

今日は三月十日です。三月十日というとき何を思い出しますか。

何も思い出さない方はしあわせです。私の祖父は軍人でしたが、一九〇五年のこの日満州にいました。

私がうまれたのは、この日から二日後でした。一九〇五年の三月十二日です。

小学校、中学校の頃、私の同級生の中に、勝利《かつとし》という名前の生徒が何人もいました。

今日の通信は、一昨日の校長会議で、大河原出張所長が発表したものの報告です。この具体的の数字の中から、宮城県教育委員会の教育行政の考え方、ないしは、日本の行政の考え方をつかんでください。
組合員としてのわれわれの要求もこの中から出てくるものと思います。

昭和三十三年度　宮城県小中学校の学級編制及び教員配当

一、新しい現象　中学校に籍をおきながら小学校に勤務するということがある。これは、小学校の教諭の免許状がなくて、実際は小学校へ転任となる人の場合である。これは新しい現象である。

二、一学級の生徒数

普通学級……小学校　五十九人　中学校　五十五人
複　式……四十人（三十二年度は五十人）
単　式……二十人
複々式……三十人
特殊学級……希望通りとする

三、事務職員　小学校　十四学級　中学校　七学級以上の学校に置く。

四、担任外教員　二十学級まで二名、三十七学級まで三名（三十二年度は十七学級まで二名、三十四学級まで三名）

五、中学校の定員　七学級の学校はこれまでより一名減。九～一三学級の学校も一名減。
六、定員の率　小　一・二七六（三十二年度は一・二二〇）
　　　　　　　中　一・六二二（三十二年度は一・六一〇）
七、一学級の平均生徒数　小　四六・三（三十二年度は四五・六）
　　　　　　　　　　　　中　四六・四（三十二年度は四六・八）
八、事務職員の転任　仙北方面に、配当がありながらいない学校がいくつもあり、仙南にはその反対の現象があるので、県全体の範囲での転任がありうる。

＊以下白石市内の学校ごと「学級数・教員定数配当表」がつづくが省略する。三島は、この通信を使って、校長会での、職員にも伝えるべきと考える資料などはそのまま報告しており、おそらく、校長として秘すべきこと以外は職員にすべて知らせていたにちがいない。

この号からは、約六十年前の一学級当たりの児童・生徒数や教員定数がわかるので、ここでも大方は略さずに当時の資料としてそのまま載せた。

たとえば、この資料から、当時、小学校では十四学級以下、中学校では七学級以下の学校には事務職員は置かれていなかったこともわかる。

■第十八号（1958年4月11日発行）

謹賀新年

本年も相かわらずよろしくお願い申し上げます。

本年度の高校進学の状況をいささかのぞいて見ています。

表をかかげてみますから、ごめんどうでもこまかく御覧になってください。

昭和三十三年度高校進学概況（その1）

※1表、2表、3表とコメントは略。

■第十九号（1958年4月23日発行）

昭和33年度高校進学概況　（その2）

※「まえがき」は、「この前、その一では、総点の個人別得点状況とそのグラフについてお話しました。そして、六百五十満点のところ、三百～三百四十九のところに一つの山がありながら、別に二百～二百四十九のところに、もっと高い山があることが、『本当に残念

だ！』と申し上げたのでした。今日はもう少し詳しく見ていきたいと思います。」とある。

前号「高校進学概況」についての分析。そのための表とコメントは省略。

■第二十号（1958年5月31日発行、146頁）

昭和三十三年度高校進学概況（その3）
前回の通信で、他校の平均を百と見た場合の本校の得点平均を、白石高校について申し上げましたが、英語がとびぬけてよく、他校の平均百とみた場合百七十点であったことを思い出して下さい。なぜ、英語がよかったのでしょうか。この点を一寸しらべてみましょう。上の表（※略）は受検査総員三百十一人の得点状況です。
その一、その二で申しましたが、全教科の合計点ではグラフの山が真ん中からちょっと左によっていました。ところが英語では、一～九点のところにものすごく傾斜の急な山ができました。すなわち、五十点満点で、九点以下のものがちょうど全員の半分です。五十点はなし、最高はS君の四十七です。まことにもって惨憺たる状況です。
ところで、他校に比して本校がとびぬけてよかったのはなぜでしょう。もう十分お分かりのことと思います。他校が悪かったからです。噫！
※英語問題をそのまま紹介しているが、ここでは略。

さて、この問題が、〇点が一割、十点未満が五割というような問題でしょうか。四十点以上が二割にみたないような問題でしょうか。

白石高校も白石女子高も英語は必修ですし、高校の英語の程度は飛躍的に高くなります。しかるに、この問題は、御覧の通り程度の低いものです。

これを書いている途中、たまたまこの部屋で市内の中学校長会が行われ、談が英語に及んだところ、ひとりの校長から次のことばが出ました。

『白石中の英語が他校に比してよい一つの大きい原因は、白石中生のなか若干名が高い点を稼いでいることにある。そして、その原因は若干の生徒が旧町内の英語塾に行っていることにあるのだ。』

※この二十号まで三号連続で「高校進学」の分析と考察であり、三回目のこの号は英語だけについてであった。

学級担任はもちろん、教科担任も、これほどの分析は、やらなければならないと思ってもやりきれないだろう。ここでは三島が分析のためにつくった図表は省略せざるを得なかったが、このような問題提起を校長にしてもらえる学校は他所にあるだろうか。なかなか見られないと思うがどうだろう。どう作成するかも力量が問われる。

三島のこれにかけた労力は相当なものであったろう。ただただ驚くばかりである。

「河童通信」は約一年間、二十号で終刊になる。

この通信を発行する際三島は、一号「まえがき」で「気がむけば書き、さもないとなまけるという次第で……」と述べて始まったが、二十号を通して感じることは、校長として何を大事に考えるか、職員は教師として何を大事にすべきと考えるかを、借り物・受け売りではなく、具体的事実を通して語り続けた。職員がどう受け止めたかは個々人に確かめるすべはないが、中村らの話から職員に強く残った通信であったことはまちがいないと思う。

「河童通信」は、二十号欄外末尾に「都合により第二十号を以て廃刊いたします。これまでの御愛顧を深謝いたします。」の一行が添えられて終刊となった。

たいへん唐突の感じがする。なんと、この二十号は五月三十日発行。三島の白石中学校の六年目もまる二ヶ月を終わろうとしている日だ。

「河童通信」を読み直してみる。六号（7月）に書かれている〈五十五歳〉は「……だからこれからあとの三年間は、精一ぱいの力をふりしぼって、存分に働き抜こうという意欲が、わたしの体内からウツボツとみなぎりいで……ハテサテ。」と結ばれており、十四号（58年2月）には、「本論に入ろうとした時、残念ながら余白がなくなりかけました。やむを

河童通信　第二十号

一九五八・五・三一

高校進学状況　その三

前回の通信で、他校の平均を一〇〇と見た場合の本校の得点平均を、白高について申上げましたが、英語がとびぬけてよく、一七〇点であったことを思い出して下さい。

なぜ、英語がよかったのでしょうか。この点を一寸しらべてみましょう。

	311人
	100%

上の表は受検査総員三一一人の得点状況です。


さて、この問題が、〇点が一割、十点未満が五割というような問題でしょうか。四〇点以上が二割にみたないというような問題でしょうか。

白高も白女高も英語は必修ですし、高校の英語の程度は飛躍的に高くなります。しかるに、この問題は御覧の通り程度の低いものです。

これを書いている途中、たまたまこの部屋で市内の中学校長会が行われ、談が英語に及んだところ、一人の校長から次の言葉が出ました。

『白中の英語が他校に比してよい一つの大きい原因は、白中生の中、若干名が高い点を稼いでいることにある。そしてその原因は若干の生徒が旧町内の英語塾に行っていることにあるのだ。』

河童通信　都合により第二十号をもって廃刊いたします。今までの御愛顧を深謝いたします。

得ませんから、その骨子だけを記します。詳細は又の機会にゆずります。」とある。

また、十四号は五十八年の最初の号になり「謹賀新年」で始まり、十五号も「謹賀新年」と書き、「これは旧正月の分です」とことばを添える。しかも、なんとその後もう一度「謹賀新年」が書かれる。四月十一日の十八号。「謹賀新年　本年も相かわらずよろしくお願い申し上げます」と書き始める。

これらのどれからも転勤の様子は感じられない。

なのに、新年度が二ヶ月も過ぎた五月三十日に「河童通信」終刊を告げているのである。何があったのか……。そのことは、後でもう一度触れることにする。

11、三島と平和運動

宮城に来てからの三島を語るとき忘れてならないのは、北海道時代と変わることなく校内外を問わず「平和運動」に力を入れつづけたことである。

校内でのことについてのひとつの例は、映画「ひろしま」鑑賞についてであり、それは既に述べている。

外部での三島の平和運動の常時活動の事実としては二つの資料が残されている。その一つは、「河童通信」の号外として出された「第六回世界青年学生平和友好祭の案内」に見られる。その号外には、平和友好祭の期日（1957年7月28日～8月11日）、会場（モスクワ）、その他、主催・目的・趣旨・日程・参加者数・プログラムなどが紹介されている。

もう一つは、機関誌『刈田』に二つの集会のなかでの三島の姿がみられる。

そこからは、国内外の平和集会が現在とどんなに違っていたかに驚かされるとともに、そのなかで、三島は県内平和運動のはリーダー的存在として動き、中央とも太いつながりをもっていたことが推測される。

記録の一つは、『刈田』一号（１９５３年11月３日発行）の「世界教員会議報告会記」である。これは、世界教員会議の報告会が十月七日、東京で開かれ、そこに参加した三島によって書かれた報告会での報告内容要旨になる。平和を希求する五〇年代の世界の教員の熱意が伝わってくるので、『刈田』掲載のものをそのまま転載する。

■世界教員会議

・日　時　一九五三年七月二十一日～二十五日

・場　所　ウィーン

・参加国　四十八ヶ国

中国・イタリア・デンマーク・フランス・メキシコ・ビルマ・日本・ソ連・ハンガリー・ベルギー・チェコスロバキア・インド・オーストラリア・西ドイツ・イラン・ベトナム・スペイン・キプロス・アルジェリア・パラグアイ・グアテマラ・ボリビア・キューバ・パキスタン・ギリシャ・アルゼンチン・インドネシア・ポーランド・ブラジル・セイロン・東ドイツ・オーストリア・スウェー

デン・ベネゼエラ・ノルウエー・オランダ・スイス・スコットランド・アメリカ・イギリス・チリ・ペルー・チュニジア・ギニア・ブルガリア・ルーマニア・アルバニア・フィンランド

・参加人数　正式代表　二百五十八名　オブザーバー　約二百名〈六百四十万人教師の代表〉

・会議参加者の諸権利

すべての参加者は総会と委員会とを問わず自由に意見を表明する権利をもつ。提案権はすべての代表が、又その個人が希望する場合はすべてのオブザーバーもこれを持つ。

・会議の用語　フランス語・英語・ロシア語・スペイン語・ドイツ語

・日本代表団　十七名

日教組教文部長・婦人部長、各県教組役員七名、中学校教師一名、学者三名、参議院議員二名、

日本こどもを守る会一名、教育評論家一名。

・世界教員会議の目的と性格（報告書の抜粋）

二十世紀後半において世界各国の教育事情――特に学校教育の状態、子どものすがた、教育の経済的、社会的、政治的地位と条件が一般的に悪くなってきている。これ

は世界の教育と文化が今日において危機にあることを意味する。とりわけその国の軍事力が強化されるにつれて、この傾向が強まってきているという事実に立つとき、この問題はその国の父兄・市民・労働者・農民にとってはおそろしい脅威となって現れている。

そこでこの事態を解決するために世界中の教師と学者の代表が集まって、それぞれの国々の教育の現状を出し合い、その中から問題を拾い上げて討論をすすめることは大きな意味と力をもっているわけである。この会議はこの意味において各国の教師と学者や教育に関心をもっている人々が、その政治的信条や思想や立場をのりこえて集会し、みんなで話し合い、その話し合いの中から民主主義的教育を薦め、平和を守るための教育の原理と方法とを見出し、併せて今後の教育運動の進め方について討議することを目的としたわけである。

この会議の提唱をしたのは、世界教員組合（ＦＩＳＥ）である。ＦＩＳＥは前述したような目的にしたがって世界の教育団体や個人に対し、ＦＩＳＥに加盟していると否とに拘わらず広く参加するようよびかけたわけである。その結果、東西東欧・アジア・アラブ等をはじめとする四十八ヶ国四百五十万人の教師の代表四百五十人がウィーン市に集まることができたのである。

まずこの会議はＦＩＳＥ加盟している国の教師も、全く対等で自由な立場で出席し、そこにはいささかの遠慮も高ぶりも拘束もみられない雰囲気の中で五日間まじめな討議を行ったのである。

この会議で注目すべきことは、第一にアジア・アラブ・南米諸国といったおくれた国々の教員、すなわち植民地・半植民地従属国の問題が大きく取りあげられたことである。

四十八ヶ国の報告は文書報告と共に必ず口頭発表がなされるように時間的な配慮がなされてあったのであるが、とくに日本・インド・ビルマ・インドネシア等は、他の東西両欧諸国の発表に比べて多くの時間と回数が与えられたことも事実である。

第二に、この会議では、報告・討論・小委員会における問題の取りあげ方が、常に現実的であり、実際的であったということである。具体的な事実に立って報告し、観念に走る討論を避け、而も、その中で、問題が科学的に処理されていったことは多くの教訓となった。

第三に、全ての討論が各国の共通の理解に達するまで辛抱づよくつづけられた。終わりには必ず意見の一致をみたことである。日本代表団による問題の提出は各委員会において多くの国々の注目をひき、しかもこの会議の採択事項決議の中のひとつの柱としてとりいれられることが可能となったのである。とくにこの関係を容易にしたものは、海後・矢川・周郷・羽仁説子氏をはじめとする日教組講師団の人々であり、また四カ国語に精通し識見共に高く評価された羽仁五郎氏の協力によるもの大であったことを付け加える必要がある。

「平和は諸国民の話し合いでいこう」という基本的な考え方でつぎつぎと大きな平和の集会がもたれている最近の動きの中で、今回の世界教員会議はその教育部門の平和会議であったということができる。これをして平和攻勢と考える人々こそ平和に対する誇りを犯しているといわねばならない。世界の人類はひとつの悲願をもっている。それは戦争なき社会、世界への実現である。世界教員会議はこのことのために開かれた世界の教師の集会である。

＊三島はこの報告の最後を「私たちは、現在やっている現場の仕事が、常に世界につながっているという意識をもつべきではないか。」と結んでいる。

もう一つは、機関誌『刈田』二号（1954年1月4日）に「宮城県平和大会」報告が載っている。この報告記は、この大会に「刈田サークル」から参加者した佐久間正が書いているが、このなかに大会議長団のひとりに三島孚滋雄の名が記されている。

■宮城県平和大会

・会場　仙台市レジャーセンター
・メッセージ　十五団体から
・各地の報告　九団体
・討議（訴えが多かったようだ）

「平和は話し合いで」という意識をみんながもっていたせいもあって、非常に熱心で、活溌な討論がつづけられた。特に朝鮮人のまじめさには頭が下がる。平和を求めるために、みんながこんなに熱心なのかと思うと心づよかった。あらゆる人たちが、農民も、教師も、中小企業者も、各労働者も、とにかく、みんなが手をつないで戦争をしないようにしようという気持ちでいっぱいだった。

・講演

1、小笠原女史（北海道の主婦）

・自由な平和な国は、みなさんとみなさんとの討議のなかに生まれる。
・平和努力は、分裂しやすい。団結だけが力である。
・理屈ではなく、とにかくみんな団結することなんだ。

2、赤松俊子女史（画家。原爆画で有名）

＊話の内容は略す。

12、高校「教諭」としての転出

さて、もう一度、三島が「河童通信」二十号の最後の欄外に「都合により第二十号を以て廃刊いたします。これまでの御愛顧を深謝いたします。」と書き、終刊にしたことにふれる。その発行日が新しい年度が始まって二ヶ月後の五月三十日であったことも既に述べている。その後、三島は、宮城県仙台第二高等学校の「教諭」として転出しているのである。一般的には「降格」ということになるのだろう。

仙台第二高校学校の記録では、三島の在籍は「昭和三十三年六月六日から」となっている。また、宮城県仙台第二高等学校の職員一覧には、教諭の欄の末尾に、給与号数も担当教科名もなく、ただ「三島孚滋雄」の名が載っている（「宮城県教職員録」１９５８年度版）。

六月末には教職員録は完成しているので、校正の段階で、白石中学校から削除、仙台第二高等学校に氏名だけ挿入されたと想像される。やはり、突然であり、異例の転出であったことはまちがいない。

どんな理由だったのか。三島は、だれにも話した形跡はない。

三島の没後、この時のことを刈田サークルの古くからのメンバーのひとり安藤正一は、「ああ、三島先生」、中村敏弘は「『新しい思想の人』三島孚滋雄」と題して、三島の仙台第二高等学校転任について次のように書いている（宮城県教組機関誌『教育文化』311号、1992年8月発行）。以下に要約して紹介する。

ああ、三島先生

「三島先生が白石中学校長から仙台二高の先生に転勤になった理由は勤務評定書を提出しなかったためらしい」。こう聞いた私は「えっ！」と言ったきり何も言えなかった。……昭和三十四年三月、白石中学校長だった三島孚滋雄先生が、突然仙台二高の教諭になぜ降格されたのかその理由が分からず、長い間の疑問になっていた。

その三島先生について、一九九〇年（平成2）、当時の白石中学校のことがいろいろ話題になっている中にこの話がでてきたのである。

宮城県の勤務評定規則が制定されたのは、昭和三十三年の五月で、この年からすぐ実施された。……先生たちはほとんど反対していたし、校長さんもけっして賛成してはいなかった。三島校長はこんな勤務評定をやったら教育現場は荒廃すると主張して、積極的に活動していた。……その三島先生が降格、これには何かがあるとは分かっていたが理由はつかめず、組合では問題にはしなかった。本人も何の説明もしなかった。私たちはだからタブーのように思ってふれないままできた。

本当に勤評を提出しなかったのか。そのことを確かめる必要を感じた私は、当時校長だった先輩の先生方などに聞き当たってみた。みんな「知らない」という。……かろうじて前宮教組委員長と元労評議長が「勤務評定書を提出しなかったためと記憶している」と言うだけであった。

私はこの状況から三島先生は勤評を提出しなかったのだ、と確信するようになった。私が確信するようになる最大の根拠は次のような文章である。

一九五八（昭33）年の雑誌「教師の友」五月号に載っている三島先生の現場報告文だ。こんな投稿をしておられたのを知ったのも……現宮教大教授中村敏弘氏から雑誌のコピーをいただいたからだ。……人間としての自由、教育者としての誇りを守り、良心の許しがなかったから三島先生は評定書を提出せずに「教諭」として仙台二高へいかれたにちがいない。……この時はすでに愛媛などで敗れ、やがて宮城もそうなるであろうという予測ももちながら三島先生は闘っていたのだ。先生はあるいは傷つくかもしれない事態を覚悟しながら闘っていたのだ。

「新しい思想の人」三島孚滋雄先生

深刻で、とても聞き出すことができないような問題でも、月日が経つと、できるようになるものである。しかし、どれほどの日時が必要なのか、その判断はむずかしい。それをはかりかねて、ためらっているうちに、機会が永久に失なわれてしまうことがままある。

三島孚滋雄先生の「勤務評定書提出拒否問題」も、そうなってしまった。亡くなられて、この秋には、はや三年忌を迎えることになる。

一九五八年（昭33）三月、三島は白石中学校長から仙台二高教諭へ転任した。……問題は転任先きである。中学校長から高校教諭にである。しかも、三島は、白石中に来る前は、北海道で高校の校長であったのだ。この人事が降格だとすると、理由がなければならない。考えられるのは、評定書を出さなかった、ということである。しかし、これは推測であって、証拠はない。

三島が評定書を出さなかったと推測する根拠は、三島の書いた「ある日の勤評論議」という論稿中の一文にある。これは五八年五月発行の『教師の友』に掲載された。

三島のこの論稿は、その標題からもうかがわれるように、勤評について論議したその様子の報告という形を取っている。しかし、大部分は三島校長が話した内容で占められており、これは三島の考え、決意を記したもの、と見ていい。……

しかし、三島の転任が、勤評書未提出による「処分」だと考えた人は、当時あまりいなかったように思う。それは五六年三月に起こった校舎半焼の責任を問われたものと考えたようである。

それに、三島の決意表明は早すぎた。組合（宮教組刈田支部）が勤評闘争に取り組んだのは四月以降で、その最大のヤマ場は九月十五日の全国統一行動であった。三島発言から、半年も経っている。このことは、二つのことを意味している。

一つは、五八年二月のこの時点では、勤評についての理解はあまり深まっていなかったということである。……。

第二は、この半年の間に人びとの心の変わったことである。それは、情勢がきびしくなったことに対応している。三島発言は、まだそうなっていないときのものであった。

絶対反対が条件闘争的なものになった。ラジカルなことを言っていた人が口をつぐみ、前言をひるがえした。組合の内部でもそうだった。私たちの白中分会も、統一行動を前にしての徹夜の分会討議の末に、「正午授業打ち切り」から「勤務時間外」に、戦術を大きく後退した。宮教組も、そして日教組も。勤評阻止は成功できず、闘争は敗退していった。

そういう中で、三島が、あの時の発言をそのまま実行に移した、などとは考えられなかったのではないか。

なお、付け加えておくが、私もふくめて雑誌で『教師の友』を購読している者は、刈田・白石にはほとんどいなかった。……。

このような事情があったにしても、もし三島が転任に際して評定書提出について何かを言っていれば、その時点で事柄ははっきりしたはずである。しかし、何も言わなかった。不利益処分の提訴などということもしていない。……。

＊なお、文中、安藤・中村ともに、「五八年三月、三島は白石中学校長から仙台二高教諭へ転任した。」と書いているのは誤認である。

安藤・中村の二人が取りあげている『教師の友』一九五八年五月号（通巻60号）に三島が書いた文「ある日の勤評論議」とはどんなものだったのか。以下がその全文で、冒頭に「三島孚滋雄」、末尾に「宮城県白石中学校校長」と明記してある。

「……この際、先生方が決然として脱皮されることを私は期待しています。」と、今日の来賓である教育委員長はことばを続けた。

「先刻どなたかのお話の中に、先生方が卑屈になるおそれがありましたが、そうでなくても既に先生方の中には卑屈な人が少なくない。勤評は、私は賛成というのではありません。けれども実施されたらそれでいいじゃないですか。教育者としての誇りと信念とをもって、やめてくれなどという弱腰でなく、勤評のもとに害悪そのものを、生活の中ではね返すという、そういう先生方を期待するのです。今こそ先生方の脱皮の時である、否精神革命の好機であると私は思うのであります。」

四十三歳の教育委員長は、世界のあらゆる有名文化人の崇拝者であり、銀行の専務さんであり、二十の肩書きの持主である。

「わたしゃ　まあだ　よっくわがらねんだげども。どなたかもっとよく話のってもらわれんねべえか。」百人あまりの父母と教師たちの中に明かるい笑いをかもし出しながら、大声を張りあげたのは、六十あまりのおそらく生徒のおじいさんなのであろう。ちょうどそこへ入って来たのが支部の書記長だった。司会者がこれを見逃すはずはない。事の起りから今日までの経過とその背景、愛媛をはじめ全国各地の状況、勤評の内容についての説明と批判、日教組の反対闘争の目的、二十三貫の青年書記長の、ユーモアをまじえながらの明快な話しぶりに、百余名の目と耳はひたと吸いつけられた。それが終ると、先刻別府大会の報告を行った四人の先生たちも、聞いて来たばかりの愛媛の実態や、大会参加の父母の声をつけ加えた。会場には、なごやかな安心の色がひろがった。――これでいい、これでいい。

だが、私は会場校の校長である。何か一言しゃべってみたい。すると、幸運にも質問が来た。中年のお母さんからである。

「お話によると、校長先生が評定をなさるそうですが、校長先生のお話も少し伺いたいと思います。」――私はやおら立ち上った。

「なるほど愛媛の例や、都道府県教育長協議会の試案では、先生方の評定はまず校長がやることになっていますが、その校長はまた教育長から評定されるので、評定したりせられたりが校長であります。このあいだ、市の教育長に会いましたら、『夏休みや冬休みなんかに、生徒もいないのにのこのこ学校へ出かけてゆくような校長は馬鹿校長だ、そんなけちな根性で立派な教育ができるか、休みの時なんかは二、三週間くらい温泉へでも行ってのうのうとあそんで来るようでなくては駄目だ。』と太鼓腹をなでながら、こんな事をいっておられました。それで私は、評定でオール5をつけてもらうために、せいぜい温泉通いをしようかと思っております。

冗談はやめにしまして、二、三感想を申し上げたいと思います。大体、私共校長にしましても、先生方にしましても、お互い至らない者ばかりでありましょう。それでも大ぜいを比べてゆけばやっぱりピンからキリまであります。人一倍精勤の人もあれば、要領よくお茶を濁している者もある。みんなの尊敬の的になる人もあれば、これじゃあ生徒がかわいそうだと思われるような先生もあります。——だから勤評が必要だ、という者がもしあったら、それはとんでもない間違いだということを、私はまず申し上げたいのであります。

教育長は、この市内の十六人の校長、三百の教員の実態を少しでもよく知らねばなりません。そして適切な人事行政を行わねばなりません。校長もその職責上、先生方のことを常によく見ていなければなりません。ひとの事などいえた義理ではない自分ではあっても先生たちに対して、懇切な話し合いもすれば、思いきった忠言もする。時には大声でどなりつけることもある。あるいはくわしく紙に書いて一人ひとりの先生に渡すこともあります。

しかしこの場合、先生たちがそれを参考にしてくれさえすればそれでよいので、何をいったか、何を書いたか、こちらはすぐ忘れてしまいます。状況をつぶさに知ることを仮に評価と申しましょうか。あやまらざる評価と適切な助言、これは私ども校長の当然の任務なのです。勤務評価は、校長のわりふりや、転任その他の人事のために必要ではありますけれども、勤務の評価だけでそれができるでありましょうか。たとえば、老人や子供を七人も八人もかかえた先生や、病院通いを毎日やっている人を、勤務成績だけによって軽々しく転任させられるでしょうか。

それはそれとして、ここの教育委員会は大体われわれのことを十分見ていない。もっとしっかり目をあけてよくよく見てもらいたいものであります。たとえまだ三十前であっても、校長や教頭の適任者があればどしどしその地位につける。反対に教師としての適格性が乏しいとわかったら、思いきった処置をとる。こうしたことを、私は要求したいと考えているのです。」

「いやわれわれはそれをやっています。」と教育委員長が司会者の存在も忘れて口をさしはさんだ。

「現にこの四月、この中学校へ迎えた教頭は、小さな学校にいたのですが、この人こそはと、この三十一学級の中学校にうつしたのです。それから今、悪い場合には思いきった処置をというお話でしたが、書記長、それでよろしいか。」

「大いに結構です。」

書記長は微笑、教頭は苦笑、そしてみんなは大笑い。——私は話を次に進めていった。

「勤評は只今申し上げましたいわゆる評価とは全く別ものであります。この県の教委でも必ず実施するといっていますが、具体的計画はまだのようです。けれども結局は、都道府県教育長協議会の試案と同じようなものになるだろうと予想されていますので、われわれはあの試案を見て考えておりますが、それによりますと、総評の(二)『この校長(職員)の勤務成績は、市町村の校長(校内の同僚)の中でどの位の位置を占めるか。』という五段階評定欄の説明には、『これは相対的評価であるが上及び中の上に集中するのを防ぐには、比率を定める必要があると考えられる。』と記されてあります。これによれば、われわれがめいめい、どんなにがんばったところで、誰かは必ず下をつけられることになります。そしてその人が、これは大へんだ、せめて中の下になりたいと考えた場合、ただ努力さえすればそれで自然に上の段階に進めるというのではなく、無理にも他の人を蹴落すのでなければ自分は中の下にすらあがってゆけないのであります。これは一例を申し上げたのでありますが、勤評というもののしくみ、性格はこのようなものであります。」

「生徒の通信簿はつけていながら、自分が評定されるのはごめんだというのは余りにも身勝手な話だと非難する人があるようであります。だがこれは何も知らぬ人のことばだと申すべきでありましょう。学校には指導要録というものもありますが、只今はこれにはふれぬということにしまして、通信簿だけについて考えてみますと、通信簿というものは、あれは各学校で勝手にやっているもので、全然通信簿のない学校もあるのです。ですから、やっているところについてみても、みんなやり方はちがうのです。段階法、点数法、評価によるもの、数字によるもの、文章に力を入れるもの、また項目にしても学習成績のほかいろいろあるわけです。しかしいずれにしてみましても、教師と生徒は教える、教えられるという間柄であり、通信簿に記すための資料は、全部生徒が提供するものであります。教師は出された資料を、生徒にかわって、生徒のために、整理してやっているにすぎません。生徒や父母に頼まれて、めんどうくさいのをがまんして作ってさしあげているのだと申してもよいでしょう。客観的基準も資料もなしに、しかも秘密のうちに行って、あとでその人の運命を左右するという勤評と、この通信簿とが同じものでありましょうか。いくら似ているからといって、猫と虎とが同じだという人はないようであります。似ている点はありますが、質的に全くちがうのであります。しかも通信簿が生徒や父母の希望に基づいて作られるものであるのに対し、勤評の方は、全国六十万の教職員がこぞって反対しているのであります。

反対の根本的な理由は、勤評が教育効果の向上に役立たぬ、子どもたちのためにならぬという点にあるのでありますが、こうして評定を受ける側が、よくないことだからやめなさいとこぞっていっているのを、権力をもって一方的にしゃにむに強行しようというのですから、これはもう狂気の沙汰と申すほかはありますまい。この悲しむべきできごとは、外国のことではありません。われわれ日本のことであります。

ところで生徒の毎日の学習におきまして、生徒たちは自分だけがよい成績をとろうとは考えておりません。自分だけでなくみんなで向上しよう、お互いに励ましあい教えあい、あるいは共同研究・共同作業をやりして、学級の中、学校の中を少しでも楽しいものにしようとつとめているのです。この点われわれも同じです。寸暇をさいては研究会もやります。経験を交換し、討議をかわし、各自の不足をみんなで補い、一人ではできない仕事をみんなの力でやり抜こうと骨折っているのです。そうでなかったら、どうしてこの学校から二人もはるばる別府まで行くでしょう。父母の皆さんにしても、どうして忙しい家業をなげうって、昼日中わざわざこんなところへおいでになるでしょう。

一人ひとりにわかれての努力では、教育の仕事は決してやれない、手をつなぐのだ、力をあわせるのだ。――これが長い間かかってたどりついた私達の結論でした。しかるに、それを勤務評定はけしからんことだというのです。バラバラになれ、同僚を蹴落せ、ちょうど県の教育長が県民の信用などはどうあっても、まず文部大臣のおめがねにかなわなければ、その地位にもつけないのと同じように、自分だけが上司から五の評定を得られるようにつとめろ、これが教育効果の向上に役立つ道だと、こう勤評はいうのであります。

われわれ県下八百の校長一同も、とうとう我慢ができなくなりました。そしてついこのあいだ文書を提出して、県教委がまじめに教育のことを考えるように要望しました。定員にしろ、設備にしろ、その予算を年々に減らし、諸種の教育条件を次第に悪い方へ持ってゆきながら、法的にも甚だしく疑義があり、学問的にも害あって益なしと批判されている勤評を強行しようとは、何事であるかという趣旨のものでありました。

とは申しましても、県教委がほんとに不まじめだと、われわれも実は思ってはおりません。県教委の人々も勤評のよくないことは百も承知なのです。しかもこの県では、人事委員会が既に四年前に、教職員の勤評はやらぬようにと勧告しているのです。その勧告に従うのが法的に正しいということも県教委では知っているのです。だからこそ県の教育長も全国で四十六番目に実施しようと思うとか、たっぷり時間をかけて、完全な方法を考えたいとかいっているのでしょう。それならあっさりやめればよさそうなものを、なぜやめるといわないのでしょうか。良心にそむき、法を無視してもやらねばならぬというところまで、県教委を追いつめたものは一体何者でしょうか。それは文部大臣でありましょうか。

ところがそうでもないようです。文部大臣の度々のことばは、新聞やラジオでご承知の方もおありかと思いますが、地方の教委の所管事項であるこの問題を、内閣で最初にいいだしたのも、九月はじめの閣議に異例の提案を行ったのも、文部大臣ではありませんでした。ある日の党総務会で、文部大臣がコテンコテンにつるしあげられ、『以後これらの問題については言を慎しみます。』とあやまったとも新聞は伝えています。文部大臣は決して勤評の張本人ではありません。それでは一体誰が、何のために、この勤評を強行しようとしているのでありましょうか。

何としてもこんなばかげたことは日本のために許すことはできません。私たちは、たとえ自らはどんなに傷つくことがあろうとも、子どもたちを守り通す防破堤としての役割だけは果す考えでおります。さきほど教育委員長もいわれましたが、仮に勤評が実施されたにしても、私たちは、人間としての自由、教育者としての誇りを失うことは断じて致しません。『評定書は提出したが良心は提出しない。』とか何とかわけのわからなぬことをいった校長が愛媛県あたりにあるそうですが、私は良心の許しのない限りは絶対に評定書を提出しない考えでおります。」

およそこのような意味のことを語り終えて私は席についた。すると、ひとりの父親から緊急動議が提出された。今日の参会者一同の名で直ちに勤評の決議を行なおうというのである。われるような拍手で人々はこれに賛成したが、「いや今日決議をするのは適切でない。今日は単に別府大会の報告会なのだから、おくれることは残念だが、この次の市の父母教師会連合会で決議をやり、全市民の反対運動にもりあげるべきである。」という、この学校の父母教師会副会長から出された修正意見に参会者一同異議のあるはずもなく、再び起る万雷の拍手のうちに会合は終了した。

昭和三十三年二月初めのある日の午後のことである。

三島の「ある日の勤評論議」の掲載されている『教師の友』五月号は、「勤務評定から民主教育を守るために」の特集として組まれているなかに書かれている。

先の安藤・中村の文は、三島の没後、この「ある日の勤評論議」が三島の「降格転任」の理由になったのではないかということを考えるために書かれたものである。

この『教師の友』五月号の発行日が五月一日となっていることを考えれば、「河童通信」二十号発行が五月三十日で、号の末尾、それも欄外と言ってもいい箇所に、「この号をもって都合により終刊とする」と一行書き加えられており、その一週間後の六月六日に仙台第二高等学校に着任していることの一連の流れからすると勤評問題との関りということは十分うなずける。後々までその理由を知る人が誰もいないということであり、三島自身転任について誰にも話していないことは、北海道から白石に転任するときと同じであり、何があってもぶれることのない三島の生き方を示していると言えるように思う。

今回集めた資料の中に、「東西統合時代　若き日の深川の二年間」（旧職員　三島孚滋雄）と題する、深川開校五十周年記念誌」への寄稿文があり、その末尾近くに、「宮城県に来て白石中学校長を勤めましたが、四十二年の勤評の年『本校では勤評を行わない。反対だからではなく不可能だからだ』と学校内外に宣言した手前、その後は公立や私立の高校教諭をやらせてもらって」と書かれていた。仙台第二高等学校への転任について、その理由は「勤評」にあったと初めて真相を明かしている。この寄稿文は一九七九年一月二十七日の日付で送付しており、仙台第二高等学校退職十二年後になる。

13、高校「漢文教師」として出発する

機関誌『刈田』二十七号は一九五八年六月二十二日に発行されている。その編集後記は三島に関わることで、「サークルの仙台出張所が、六月十四日開所しました。所長　佐久間可次、次長　三島孚滋雄の両氏がそれぞれ任命されました。六月十二日にもたれた三島さんの歓送会での席上で決まったことなので、サークルのみなさんにお知らせします。どうぞお寄り下さい。仙台市荒巻岩下東八 - 四六です。」

とあり、三島の新しい住まい、いわゆる出張所の略図が示されている。付記すれば、佐久間は先に東北大附属小学校に転任していた。

仙台第二高等学校に転勤してからは、それまで、あれほど健筆をふるっていた三島の書いたものはみつからない。仙台第二高等学校に探してもらっても三島の書いたものは校内での記録としては何も見つからなかった。

機関誌『刈田』ではどうだったか。仙台第二高等学校一年目になる第二十九号（1958年12月）に「刈田教科研仙台支部　三島」として、「高校生はどんな漢文を読んでいるか」を、二年目の一九五九年十一月二十四日発行の第三十四号に「漢文教師でできること」が載っているだけである（機関誌『刈田』は第42号1960年9月8日発行をもって終刊となり、1973年9月に新しいメンバーによって復刊1号が出される）。

三島が二年目に書いた「漢文教師でできること」は以下になる。

「正ちゃん」で、心のこもった送別会をしていただいてから一年半。少しでもよい漢文教師になりたいとつとめています。しかし、毎日が暗中模索です。

——世界の国々の中で、中国ほど気にかかる国はない。日本にとって中国は何であるか。——軽蔑、悔恨、恐怖、尊敬、嫉妬、卑屈……さまざまの相反する感情が幾重にも結ばれて、一つのコンプレックスを私たちの間につくりあげている。その中国が日本のすぐ傍にドッカリと存在しているのである。

そして、この中国が、日本にとって共存の真実の相手なのである。——

清水幾太郎は「日中間にこそ平和的共存を」（『世界』11月号）の中でこのように言っていますが、漢文教師の任務の大きなことをしみじみ考えさせられます。

文部省の指導要領は、漢文は国語だと言っていますが、今の日本の青年にとって、ああそうかとすましておられましょうか。そこで私の暗中模索の一つは、中国の現代文学、魯迅から人民文学に及ぶそれを読むことでありました。

しかも、日本語訳は忽ち種切れです。月刊「人民中国」くらいではとても渇はいやされません。そこで、英訳に手を出しました。今は、あの「李家荘の変遷」「結婚登記」などを書いた趙樹里の「三里湾」を読んでいます（岡崎俊夫の訳があるとあとでききました）。

しかし、英訳にも限りがあります。ＮＨＫの中国語入門講座も聴いてはいますが、これが役立つようになるには五十年ぐらい先でしょう。

「ああ、中国語はしゃべれなくても、せめて、漢文を読むような調子で中国語が読めたらなあ」と考えていたところ、なんと、さねとうけいしゅう著の『現代中国語入門』という本が三一書房から出ているではありませんか。これを手にした時の喜びを察してください。これさえあれば、やがて字引と首っぴきでも、ともかく現代中国の本が読めるようになるのです。これ大安や極東書房などへ、中国の新刊をどしどし注文する日の遠からず来ることを夢見ながら毎日勉強しています。（頭のはげることは問題でない）

高校漢文教育上の諸問題の一つを解く鍵を与えられたのです。

「那時候、我們也不知道哪一天就會給日本鬼子姜死㓾到那裏狼吃的、その時、われわれもまたいつの日か日本の鬼めに打ち殺され、そこへ投げられて狼の餌食にされることを知らなかった。」といったあんばいです。

話が違いますが、許広平の『暗い夜の記録』や鄭振鐸の『書物を焼くの記』(共に岩波新書)をよんで、急に『三光』(カッパブックス)を読みたくなりましたが、絶版で入手できません。お持ちの方、貸してください。おねがいします。

三島の書き出しにあるように、仙台第二高等学校転任後、一年半ぶりの『刈田』寄稿である。それも「少しでもよい漢文教師になりたいとつとめています。しかし、毎日が暗中模索です」と言う。今度はよき漢文教師になるために懸命であったのだ。

しかし、この「漢文教師でできること」を読んで、これまでの三島のもっていた勢いのある歯切れのよさを感じることができない。

『刈田』編集子は、この文に添えて、「見出しの『漢文教師でできること』は編集子が仮につけたもので、三島さん自身は『近頃はもう全く書くこともしゃべることもできなくなってしまって……近況報告でかんべんしてください。』とおっしゃっておられます。」と付記している。

当時、仙台第二高等学校に在籍していた友人に「三島孚滋雄という先生、知っているか」と尋ねると「ああ、漢文の先生か」という答が返ってきたが、それ以上のことは知らなかった。これが「河童通信」三島の仙台第二高等学校での姿ということになるのだろうか。

三島が自分の文章にタイトルをつけていない原稿は少なくとも手元の資料では見られない。

これも、その後にある三島の、「近頃はもう全く書くこともしゃべることもできなくなってしまって……」と無関係には思われにくく、白石中学在職時代の生き生きとした三島の姿はまったく感じられない。

仙台第二高等学校転任についてその理由を口にしなくても、降格転任は自分の信念によるものであり、三島にとって大きい衝撃とは考えにくいが、校長から教科担任への切り替えに自分の中での苦労があったのかもしれない。とは言いながら、それを乗り越えてよき「漢文教師」としての力をつけようとしている教師三島の姿は見えてくる。

一九五八年（昭和33）九月六日刊行、深川西高等学校『開校二十周年記念誌』に、三島は四代校長として「思い出すままに」（前述）のタイトルで寄稿しているが、次はその冒頭である。

岡部先生、今私は魯迅を読んでいます。あなたが魯迅について私に話して下さったのは一度きりかも知れません。いつだったかも覚えていませんし、話の内容も忘れましたが、お別れしてから五年余り、いつも岡部先生と魯迅が離れなかったのです。岡部先生―魯迅、魯迅―岡部先生と何度思い出したことでしょう。そして今ゆくりなくも、魯迅の作品を心静かに繙く機会が与えられています。私はこの六月、白石中学校の校長をやめ、仙台二高の漢文の先生になったのですが、その事が急に私を中国文学へ近づけたもののようです。それはともかく、魯迅を読むことができたということは、あなたに対する責任の一つが果たせたような気がして、何といっても嬉しいことです。……。

仙台第二高等学校転任が一九五八年六月六日であるので、深川西高記念誌への寄稿はその直後のこととなろう。

前出「漢文教師でできること」について、「三島らしさを感じることができない」と書いた。しかし、たとえ、転任について本意でなかったとしても新しい職場での新しい教師としての出発を確かに踏み出していたことが伝わってくる。生徒のためによき漢文教師になることと同時に、長い間願ってきた「魯迅研究」にいよいよとりかかれるという喜びまで感じ取れるのである。

勤務評定について、少しも持論を曲げることなく、それが「降格」転任の理由になったにしろ、三島にとってはどんな場におかれようと、教師としてやるべきことはいくらもあったのだ。

仙台第二高等学校に五年間在籍して一九六三年三月に退職するが、その四月に、仙台育英学園高等学校の国語・漢文教師として四年間勤めることになる。

仙台第二高等学校当時に書いたものは『刈田』以外見つからないが、育英学園時代の折々の教室メモが自宅に残っており、そのメモは三島の教室での姿まで浮かばせてくれる。その一部を次に記す。国語・漢文教師としての三島は、教室でも教えることの楽しさを十分堪能できており、メモがそれを十分語ってくれるように思う。

一九六五年六月九日

「先生のプリントの字がちがっていました。辞書にはプリントの字はありません。」

「それはすまなかったなあ。ドレドレ、どの字だね。」

「この字です。」と生徒が示したものは——

［遼］と［櫟］

わたしは首をひねらずにいられなかった。どこが違っているのか分からなかったからだ。早速辞書をしらべてみた。なるほど生徒の言う通りだ。私が書いた字は辞書にはない。この分だと今日まで私はどのくらい辞書にない字を書いて来たものか。こうして一年二組の上野君が指摘してくれなかったら、将来いつまでも自分自身ではこのことに気がつかないでいたことだろう。私は心から上野君に感謝した。

「有難う、有難う、本当に有難う。」

辞書の字はこうだった。

［遼］と［檪］

辞書を見ていて私は自分の迂闊さにあきれると同時に驚いたことだが「しんにゅう」には部首が二つあった。

［辵部］と［辶部］とだ。そして［辶部］の説明には、——漢字の部首の名。辵の変形。辶の新字体——とある。

次は［檪］だ。

「たのしい」という字は［楽］だが、「くぬぎ」「こいし」「ひく」などは、［櫟］［礫］［轢］だ。しかし、「くすり」は［薬］でよい。

何故こんなことになったのか。言うまでもない。［楽］［薬］は当用漢字で、それらは、いわゆる新字体だが、［櫟］などは当用漢字でなく、従って新字体というものがないからだ——と私は考えた。

しかし、辞書にないからといって［遼］や［櫟］は誤字なのか。まさか誤字とは言えまいと私自身はすますにしても生徒にはどう教えどう説明すればよいのか。もし誤字だとすれば、たとえば［辵部］と［辶部］の使いわけを今後やらねばならぬのか。

ああ困ったことだ。頭が痛い。

一九六〇年六月十日

私共の学校の近くに陸上自衛隊がいる。門があって看板がかかっている。看板には字が書いてある。

「陸上自衛隊苫竹駐とん地」

国語の教師である私は、すぐに生徒の事が胸に浮ぶ。「駐とん地」ということばを生徒たちはどう理解するであろうか。

辞書・辞書と私は口ぐせのように言っているので、このことばをはっきり理解しようと思う生徒たちは辞書をひくことであろう。

まず［駐］の字。「とどまる。」と辞書にはあった。つぎは［とん］だ。ところが、これが辞書にあるだろうか。漢和辞典にはない。国語辞典はどうか。「とんま」の「とん」。「とんかつ」の「とん」。生徒には皆目見当がつかぬ。

ただ、［駐］の字の熟語の中に［駐屯］というのがあって、そこには、「軍隊が一か所にとどまっていること」とあるので、多分これがそうだろうと一人の生徒が気づくかもしれない。そこで生徒は［屯］をひいた。そしてやっと分った。

しかし、生徒は首をひねった。辞書に［駐屯］とあるのに、自衛隊ではなぜこの熟語を使わないのか。［駐とん］という熟語はないのに、なぜ看板にこんなぶざまなことを書くのだろうか。どう見ても間がぬけている。ああ、そうか、日本の自衛隊は日本のためのものでなく、アメリカの弾よけのためのものだときいたことがある。それでこんなぶざまな、とんまな、ふざけた看板を作ることになったのにちがいない。生徒はそうして納得して自衛隊の正門から遠ざかってゆくことであろう。

一九六〇年六月十一日

昭和二十九年十二月二十九日の国語審議会第一部会では原部会長以下二十四人でかなづかい・漢字の問題について審議した。資料の殆んど全部は文部省国語課の提出だ。

その中に同音の代用字代用語というのがあって、たくさんの漢字について「広く社会に用いられることを希望する」と前置きして実例を示している。たとえば、

　闇夜→暗夜

これは「あんや」とよむのだそうだが、たしかに両方とも「あんや」にちがいないのだが、「闇夜」の方は「やみよ」ともよむのだが、「暗夜」の方はそうはよまないことに「音訓表」ではなっているようだ。「夜」には「よ」という訓はあるが、「暗」には「やみ」という訓はないからだ。

もう一つ、困った例をあげてみよう。

　肝腎→肝心

これによると、「肝心」は「かんじん」とよむことになるのだが、「感心」「寒心」「関心」などの場合には、「心」は「しん」であるのに、「肝心」に限って「心」を濁ってよむのか全く理

解に苦しむ。

「肝腎」を知っている人は、「肝心」を書きかえと分かるが、それで抵抗は感じながらも、やむを得ず「かんじん」とよむだろうが、これを知らない人には、「腎」の字を知らない人にはどうして「心」を「じん」とよむかが分かるであろうか。

それが又、これによると「肝」は共通なのだから、「腎」の代りに「心」を使うことにしようというのだろう。そしたら、「腎臓」の代りには当然「心臓」と書けばよいことになる。つまり、今日の日本の書体には心臓が三つあることになるのだ。

一九六〇年六月二十九日

「は、へ、を」

助詞として使うときだけ「わ、え、お」を使わないで、「は、へ、を」を使うのはなぜか。いくら考えてもわからない。

「を」は助詞以外には使わないし、「は、へ」は助詞の場合以外には「わ、え」と読まない。知らないとは言っておられまい。ゐ、ヱはなくなったのではない。使われ方が少なくなったにすぎない。五十音図は現存するものである。小学生も五十音図を学ぶべきであり、ゐ、ヱは立派によみかきができなければならぬ。

一九六〇年七月一日

「老若男女」

国語の教師が「困った、困った」と言っている。何のことかときくと、柳田国男の「注涕史談」を現代国語で授業していると、老若男女ということばがでて来た。問題はそのよみ方にあるのだという。「ろうにゃくなんにょ」ではいけないのかとたずねると、「なんにょ」はいいのだが、当用漢字音訓表に、「若」の字に「にゃく」という音がないので「ろうじゃくなんにょ」とよむか、「ろうじゃくなんじょ」とよむしかない。昔そんなことばはなかったのだし、もしそうよんだら、柳田国男はさぞかし立腹することだろう。

といって「にゃく」という音のないものを「にゃく」とはよめず、「困った。ああ困った、困った。」と彼はくりかえすのであった。その教師はある高等学校の国語科主任で五十歳の男なのである。

どなたか、彼を助けてやっては下さるまいか。

一九六〇年八月二十二日

高橋宏明さん(25歳)がふと言い出した。漢字を覚えるにはどうすればよいのですか。――中島敦を読んで困ったらしい。そうでなくても、日常漢字の読み書きが意にそわないことを痛感しているものと見える。漢和辞典に親しむに限ると私は返事をしておいた。

「蹉跌」という字が読んでわからなくて困ったのを思い出し、彼は私に聞いた。なるほど、この程度の字が読めないでは、さぞ困ることだろうと思う。

「当用漢字は駄目ですね。小中学校の時は、あれさえ覚えれば万事通用したので、覚える気がしなかったが、今は毎日困っている。漢文を高校でやったが、漢文ではなかなか漢字は覚えられない。」

とも、彼は話していた。

「漢字を知ることはことばを知ることだ。ことばを知ることは考えがふえることだ。考えがふえることは、思想が深まることだ。思想が深まることは人間が成長することだ。——だから、漢字制限をしたがる人は、日本の文化を破壊しようとするものだ。」

と私は言った。

育英学園高等学校時代の漢文指導に関するメモから、ランダムに六つのメモを取り上げた。そのメモは、一九六五年六月十九日に始まり、翌年の五月九日に終わっている。育英学園の三年目から最後の四年目にかけてのものになる。もしかすると、メモは、別のノートでその後もつづいたのかもしれないが、それは見いだせなかった。

メモの中には「育英での漢字教育をどうしよう」というものがあり、

一、当用漢字を無視して、ともかく、よく使われる字は片っ端からやらせようか。

二、一応、当用漢字、教育漢字を読め、教育漢字は必ず書けるように、当用漢字はすべてよめるようにということにまず力を入れようか。

「現代国語」では、二の方でもよいかもしれないが、「古典」ではそうはゆかぬ。いや「現代国語」でも、固有名詞その他では、二の方式ではやってゆけぬ。……

と、いろいろ事例をあげながら悩み、最後を「仮名文字論者のわなに落ちるな！」と結んでいるメモの日もある。悩みつつも、結構楽しかった国語・漢文指導だったように推測される。

14、退職後の三島孚滋雄

仙台第二高等学校転任問題に関わってあげた前記『深川開校五十周年記念誌』への寄稿文「東西統合時代　若き日の深川の二年間」を、三島は次のように結んでいる。

……悠々自適と言われる身の上となったのは十二年前です。ところがそれからが依然忙しい毎日になりました。今日大いに情熱を燃やしている主なものは、国語問題、特に国語表記の問題、日本と中国の児童文学の交流、幼児小学生対象の国語、数学、英語の教育、これらのことのため毎月のように上京しております。中国児童文学の紹介はずっと手作りの謄写版本でやっていましたが、昨秋漸く活版本の第一号ができました。『魯迅先生』という翻訳書です。思いのほかに好評で、特に高校生対象に普及につとめております。日本のものの中国への紹介としては、灰谷健次郎の『兎の眼』の中国語版を準備中であります。

皆さま方の御指導御鞭撻を切にお願い申し上げる次第でございます（1979・1・27）。

三島が「悠々自適の身の上となった十二年前」と言っているのは、四年間在籍した仙台育英学園高校退職時をさす。「それからが依然忙しい毎日」になったというのだ。その多忙の結晶の一つが「魯迅先生」の翻訳出版である。

一九七八年十一月十五日、三島は、神田神保町の「満江紅」から、翻訳書『魯迅先生』を出版した（左カバー写真）。

三島の訳者「あとがき」から、『魯迅先生』とその出版までの経過をまとめてみる。

『魯迅先生』の原題は『魯迅先生的故事』。作者は唐弢。『魯迅先生的故事』は、一九五八年一月、上海少年児童出版社出版のもの。

三島が『魯迅先生的故事』をたまたま内山書店で見付けたのは一九六八年のこと。

それから十年、中国児童文学研究会の会員である三島は「数多い魯迅に関する本の中で、特に少年少女のために書かれたこの本を、日本の少年少女諸君に紹介したいものと願っていた」。

一九七六年、「魯迅先生的故事」の作者・唐弢氏の

「記憶の断片」という一文を「『人民中国』十月号の魯迅特集号に発見した時は非常に嬉しかった」という。おそらく、三島は、この唐弢氏の「記憶の断片」をきっかけに『魯迅先生』の日本語翻訳出版について唐弢氏と連絡を取り合い、了解を得ることができたのであろう。三島のことばで言えば「日中友好のために日頃真摯な努力を続けている書店満江紅によってようやく世に出るようになった」のであった。

『魯迅先生』に書かれてある訳者紹介によって三島の退職後のおおまかなことを知ることができるので、そのまま書き添える。

「1962年　教職を去り、中国語を独学、中国児童文学研究会機関誌『中国児童文学』、日中友好協会（正統）機関誌『日本と中国』に児童向け読み物の翻訳をのせる。
現在、中国児童文学研究会、日中友好協会（正統）、日中文化交流協会、国語問題研究会、すばる教育研究所の会員。」

三島は、一九八〇年五月、自分たちの同期会雑誌に「日本國憲法における平和主義の徹底について」を書いているが、その書き出しは次のようになっている。

昭和五十五年五月三日、第三十三回憲法記念日です。朝から日本国憲法を読み耽っています。

……私も今度は少し真面目になって、自らの現状、例えば数年前始めた西多賀学園のこと、即ち、国語、数学、中国語、英語、教育、社会科学などについて、幼児から成人に至る約三百名の地域の皆さんとの学習の実態、園長の私のもとに八名の講師陣による西多賀学園のことなどを聞いていただこうと思っていたのでしたが、憲法を読みだしましたら、日本の将来に関しての心配が俄かに強まり、昭和二十四年の秋に書いた一文を皆さんに読んでいただき、批判していただきたいと思い立ったのであります。……

この短い箇所から、退職後も三島の平和への熱い思いが少しも変っていないことがわかると同時に、唐突に「西多賀学園」なるものの名が出てきて、この「西多賀学園」(「自称」と言っていいと思うが)が、三島を悠々自適の生活にさせなかったもう一つだったということがわかる。

しかし、「西多賀学園」については、ここに書かれている以上のことは知るすべがない。文面からは、「悠々自適の生活を望んでいるのだが……」ということばとは逆に、この「学園長」を何よりも楽しんでいるように感じる。

その証拠(?)と言えるものがひとつある。

学園長・三島は、子どもたちと向かい合って「尻取り遊び」を好んでよく楽しんだようだ。

一九七九年五月十七日の日付で「関野佳子」名の、三島が書いた一枚の用紙が残っている。

今日《こんにち》は、佳子ちゃん、佳子ちゃんは大好き、大好きなのは　尻取り、尻取り作りはお爺ちゃん、お爺ちゃんの禿頭、禿頭は光る、光るのは稲光り、稲光りは電気、電機は明るい、明るいのは昼間、昼間は学校、学校は近い、近いのは幼稚園、幼稚園の子は小さい、小さいのは蟻、……

「尻取り」は、まだまだつづく。

この一枚の紙を眺めているうちに、子どもと遊ぶ良寛の姿と三島がダブってくる。「西多賀学園」で忙しいと言いながら、そこで一番楽しんだのは三島に違いない。

佳子ちゃんとの尻取りの記録の一九七九年は、「魯迅先生」出版の翌年であり、三島は七十五歳であった。

それからも、次の佳子ちゃん、次の次の佳子ちゃんが、お爺ちゃん、禿頭のお爺ちゃんとの尻取り遊びに「学園」に来つづけたのだろう。

私たちが集めることができ、聞き取れた三島についての資料と話のほとんどは校長時代のものであり、ヒラ教師としての三島の仕事の具体的痕跡はほんのわずかであった。

仙台第二高等学校に降格転任後、『刈田』に書いた「漢文教師でできること」を読んでやや三島らしさを欠く感じをもったのだったが、それは、校長時代の大きさが物差しになっての感じ方であったので、教師三島にとっては私たちが思ったほどでなかったのかもしれない。

仙台育英学園高校時代の小さなメモや「西多賀学園」での佳子ちゃんとの尻取りメモだけでも、どんなに優れた教師であったかが十分推しはかれるのだ。三島は、優れた教師であったからこそ、北海道、宮城・白石時代を通じての他に比する人を探すに難しいほどの傑出した校長としての仕事もできたのだと言いきれるのではないか。

勤務評定について、「本校では行わない。反対だからではなく不可能だからだ」と処理すれば、そのことがどんなことをもたらすかを想定できながらも、三島は、できないものはできないと貫き通す信念の人であった。それに関わる真実を周囲の誰もが知らないでいたというのも、いかにも三島らしい。

こんな三島孚滋雄という教育者に、ほとんど書き残したものとの出会いしかなかったが、そのような出会いであってもたいへん幸せに思う。

優れた教育者であり、平和運動家であり、かつ広く文化を大事にした教養人でもあった三島孚滋雄は、一九九〇年十一月十日、遠くに旅立った。享年八十六歳。

東京品川、海雲寺に眠る。

三島孚滋雄が眠る東京・品川の海雲寺（右）と孚滋雄が建てた三島家の墓（左）

三島孚滋雄の歩み

1905（明治38）
3月12日　東京・愛宕町で生まれる（6人兄弟）。母28歳、父39歳（宗務所に勤める）、曹洞宗
1907（　40）
愛媛県大三島字宮浦に転住、父（春洞）は住職（大通寺12世）
1912（　45）
大三島小学校入学
1919（大正8）
旧制今治中学（現今治西高）入学、寮生活をする
1924（　13）
今治中学卒業　第18回、19歳
東京高等師範学校予科文科第二部入学（国漢科）
1928（昭和3）

東京高等師範学校本科卒業
社会主義思想の影響を受ける
岩手県立黒沢尻中学校勤務（1年間）、24歳
1929（　4）
宮城県立古川中学校勤務（3年間）
1932（　7）
宮城県立仙台第二中学校勤務（10年間）
1934（　9）
結婚（31歳）
1940（　15）
長女誕生
1942（　17）
北海道庁立札幌第二中学校（現札幌西高）勤務
5月1日～8月5日（校長代理・事務取扱）、36歳
〝戦争に協力する軍国主義教育者〟となっていく
1943（　18）
北海道庁立札幌第二中学校夜間部国民科教授（嘱託）

1946（21）
北海道庁立名寄中学校校長
1948（23）
北海道立名寄高等学校校長
戦争責任を反省、民主的教育に情熱をささげる
1950（25）
北海道立深川高等学校校長
1951（26）
新年度方針（1絶対平和主義、2教科中心主義、3鍛錬主義）
1952（27）
保安大学受験拒否事件
1953（28）
宮城県白石町立白石中学校校長（翌年、白石市立白石中学校）
1954（29）
実務学級（特別支援学級）特設（1956年、実務学級教室建築）
「あゆみ会」事件
1955（30）

能力別学級編成実施（翌1～3月廃止）
3月、西側12教室焼失
1957（　32）
「河童通信」発行（1号、5月7日～20号、翌年5月31日）
1958（　33）
仙台第二高等学校へ教諭として転任（6月6日、5年間）
1963（　38）
仙台育英学園高等学校（4年間、国語・漢文）
1978（　53）
訳書『魯迅先生』出版（発行所─満江紅）
1990（平成2）
11月10日死去（86歳）

あとがき

本書『教育の良心を生きた教師――三島孚滋雄の軌跡』は、当初、野々垣務編著あるいは野々垣・春日・田中共著で出版する予定であった。しかし、昨二〇一六年四月二十四日、野々垣が急逝、その仕事は春日と田中に残された。従って、本書刊行は、野々垣の遺志を継ぐことでもあった。

本書は、二〇一二年十一月、野々垣が編者となって、民研（民主教育研究所）企画で本の泉社から刊行された『ある教師の戦後史――戦後派教師の実践に学ぶ』に続いて、戦前・戦後を生きた教師の軌跡をたどることをテーマとしたものである。

ふりかえって見れば、時代の中で、教師たちが「群像」（コーホート＝同一年齢集団）として、一つの「歴史」を画することがあった。かつて一九五〇年代初めの危機の時代に出された『魂あいふれて』（百合出版、1951）の〈解説〉のなかで、教育学者・宗像誠也（1908－1970）は、「治安維持法」下の受難をうけた二十四人の綴方教師たちの実践記録を、〝教師の星座〟と評したことがある。それは扉に、『山びこ学校』で知られる無著成恭の「山村の教育ノート」が収録されているように、戦後民主主義教育の「のろし」を挙げるものであった。

先の『ある教師の戦後史』も、民研の機関誌『人間と教育』の二〇〇六年四月～「3・11」を挟んで二〇一二年二月までの六年間、北海道から四国にわたって、二十一人の〝戦後派教師たち〟との「対談」をまとめたもので、再び危機と混迷の時代を迎えて、まさに〝星座を仰ぐ〟思いがするものである。

そのなかに、二〇〇九年十月、札幌市のクリスチャンセンターで行われた「新制高校の民主化に取りくんで――『あゆみ会』事件を乗り越えて」がある。当日は、北海道立深川西高校の教諭だった森谷長能さん、金倉義慧さんのお二人からお話を聞く形で進められた。

「対談」では、深川西高の教師集団が、調査活動を重ねて、地域の父母たちにいわれなき「偏向教育」事件の真実を「広報」によって伝え、また、全道的な支援運動の輪も広がり、十月末、ついに『北海道新聞』が、公安情報にもとづく誤報を認め、北海道教育委員会も「深川西高に偏向教育なし」との調査結果を公表する経過がのべられた。

以前から野々垣は、「あゆみ会」事件及びその後の深川西高の民主化活動について、金倉義慧編著『学園自治の旗――北海道深川西高の記録』（明治図書、1969）をとおして関心を寄せ、竹内常一の〈解説―戦後民主主義教育における深川西高の位置〉を、自らの戦後高校生活指導運動の原点ととらえていた。

そして、先の「対談」から、一九五〇年四月～五三年三月まで深川高校校長を勤め、その「自由の学園」の土台をつくった三島孚滋雄にあらためて注目したのである。

先ず、二〇一二年十二月十六日、みやぎ教育文化研究センターにおいて、仙台市に在住されていたご長女・敦子さんに、「三島孚滋雄先生の歩み」について聞き取りを行った。それに基づいて野々垣は、翌二〇一三年三月二十日、「三島孚滋雄先生年譜」とメモ「教育の良心を生きたある教師の軌跡」を作成した。

なお、その作成にあたっては、品川区青物横丁駅（京浜急行）前にある曹洞宗・海雲寺の三島家のお墓を訪ねている。

＊昭和38年7月、施主・三島孚滋雄とある。三島が、北海道から東北に戻って10年目に建立したものである。

私たち（野々垣・春日・田中）が、三島孚滋雄研究のフィールド調査に入ったのはその秋からである。二〇一三年九月十四日～十五日、三島が幼・少年期を過ごした瀬戸内・大三島の大通寺を訪ねた。福山に住んでいる野々垣の友人の田口育生さんの車で〝しまなみ海道〟を縦断し、大三島の人たちに「春洞学僧」と呼ばれ慕われていた三島孚滋雄のお父さんの墓参りをした。三島が寮生活を経験した旧制今治中学校に行くことはできなかったが、帰路、田口さんのお世話で平山郁夫美術館に立ち寄ることができたのは感激だった。

次いで、翌二〇一四年八月二十五日〜二十六日、三島が戦後創設期の高等学校長を勤めた北海道名寄高校及び深川西高校を訪問した。最初に、札幌・クリスチャンセンターで、森谷長能さんから「三島先生について」レクチャーを受けた。札幌在住で一九三〇年代の教員運動史に詳しい岡野正さんにも同席していただいた。

翌日は、『名寄高校八十年史』や『名寄市史』の編集に携わった前田憲さんにお世話いただいた。また、札幌から深川に行く途中、旭川で下車、三浦綾子記念館の「〈特集〉銃口展」を見学した。なお、同年秋（９月）、森谷長能著・深川西高「自由の学園」を記録する会編『北海道深川西高校「あゆみ会事件」』（文理閣）が出され、私たちの「三島孚滋雄研究」にとって大きな励ましとなった。

二〇一五年五月十七日、東北に戻って宮城県白石中学校長となってからの三島について、当時、教諭だった中村敏弘さんと佐久間幸子さんのお話をうかがった。なお、三島校長の下で理科を担当されていた中村さんには、二〇一三年三月二十四日、三島敦子さんも交えて、「三島孚滋雄の仕事について」インタビューを行っている。

他方、野々垣は、二〇一三年九月二十一日、東京唯物論研究会定例研究会（於・立教大学池袋キャンパス）で、報告「戦後、教師はどう生きたか――三島孚滋雄は、戦争責任にどう向き合ったか」を、翌二〇一四年三月十四日、〈地域と教育〉理論研究会（於・如水会館）で、「教師・三島孚滋雄の歩んだ道」について報告している。

また、二〇一四年六月十五日、鈴木大吉さん（一光社社長、深川西高昭和30年卒）に電話取材して、「（三島先生は）わが社には一～二回訪ねてこられた。西高時代、校長が講話で単独講和に反対の熱弁をふるっていた。入学のとき東高（女子高）の生徒も西高（男子校）に集められて全員で講話を聞いた。突然だったので何のことやらよく理解できなかったが、今思えば、私の精神形成に影響を与えた。」というご返事をいただいている。

このように、野々垣は、「白石に行って七合目ぐらいか……」とよみ、昨年（２０１６）の年賀状では、「三島研究今年はまとめよう！」と、私たちを促していた。

しかし、三月二十五日入院、その一月後に亡くなった。六月十四日、三島が初赴任した岩手県黒沢尻北高（旧制黒沢尻中学）の訪問は、春日と田中の二人だけとなった。野々垣は、この最後になるフィールド調査を楽しみにしていて、そこから宮沢賢治記念館と花巻温泉に回るルートも計画に入れていた。

前から野々垣は、三島孚滋雄の教師になりゆく生い立ちを「紀行文」タッチで描いてみたいと言っていた。行く先々で、風景やモニュメントをカメラに収め、旅の感想を短歌や俳句に認《したた》めてもいた。

「露ふみて坂の墓域に行きつきぬ」「まぼろしの少年の夏大通寺」「瀬戸内の島に育ちし少年の描きし絵もあり平山美術館」。これらは、最初の瀬戸内・大三島の調査旅行の感想を歌ったものである。

「三島研究については、先に、進めていてほしい」。昨年（2016）四月二十一日、病院にお見舞いに行った時、最後に言われた言葉である。それが、現実となった今は、三人でやるべきところを二人でやってみようということになった。

本書が、野々垣の意を汲んだものになっているか心もとないところもあるが、何よりも先ず、この一冊を野々垣務に捧げたい。

最後に、本の泉社・比留川洋社長に感謝申し上げます。何とか一書にまとめたいという私たちの希望に快く応じていただいたうえに、なお「野々垣様の遺志が、このように優れた評伝として出来上がったことに敬意を表します。」と、過分なお言葉までいただいたことは、悦びにたえません。

二〇一七年五月

田中武雄
春日辰夫

■著　者■
田中武雄（たなか たけお）
1944 年 北海道生まれ。
1969 年 早稲田大学教育学部卒業。
1975 年 東京大学大学院教育学研究科博士課程単位取得退学。
1975—2015 年 北海道教育大学、金沢大学、宮城教育大学、共栄大学に勤める。
宮城教育大学名誉教授。

春日辰夫（かすが たつお）
1936 年 宮城県生まれ。
1958 年 東北大学教育学部卒業。
小・中学校に勤め、長い間、民間教育研究運動にかかわりつづける。
1996 年 仙台市立上野山小学校を最後に退職。
みやぎ教育文化研究センター前所長。

教育《きょういく》の良心《りょうしん》を生《い》きた教師《きょうし》
——三島《みしま》孚滋雄《ふじお》の軌跡《きせき》

二〇一七年七月十八日　初版発行

著　者　田中武雄
　　　　春日辰夫
発行者　比留川洋
発行所　本の泉社
〒113-0033
東京都文京区本郷2-25-6
TEL 03（5800）8494
FAX 03（5800）5353

印刷／製本　中央精版印刷㈱

ISBN 978-4-7807-1626-9 C0093 ¥1500E